Exquisit modern

ROLF LASA

Die Nacht von Sansibar

UND ANDERE
EROTISCHE SHORTIES

WILHELM HEYNE VERLAG
MÜNCHEN

HEYNE EXQUISIT MODERN
16/457

Herausgeber: Werner Heilmann

Printed in Germany 1989
Umschlagfoto: ZEFA/Selitsch, Düsseldorf
Umschlaggestaltung: Atelier Ingrid Schütz, München
Satz: IBV Satz- und Datentechnik GmbH, Berlin
Druck und Bindung: Presse-Druck Augsburg

ISBN 3-453-03520-8

Inhalt

Die Nacht von Sansibar

Von einer Schwarzen einen Kuß angeboten zu bekommen, ist sehr ungewöhnlich, da fragt man besser noch mal. Denn in Afrika wird nicht geküßt. In den Kinos will man sich totlachen, wenn in einem westlichen Film zu sehen ist, wie Weiße den Vollzug der Paarung durch Knutscherei umständlich hinauszögern. Wenn der eine mag und der andere mag, so kennt man es hier, dann geht es ohne Umschweife zur Sache.

Also erkundige ich mich, ob ich mich denn auch nicht verhört hätte, als ich ›Kuß‹ verstand. Doch Jeyo nickt, die mir in Aussicht gestellten sinnlichen Genüsse durch Rollen ihrer Augäpfel veranschaulichend.

»N'dio, yes. I give kus. N'dio. M-m.«

Ihr Kauderwelsch ist grauenhaft, doch schließlich ist das wenigste, worauf ich aus bin, sie Goethe deklamieren zu hören. Denn diese Frau ist eine Wucht. Schön, sexy, rassig und ungeheuer graziös – ein schwarzer Panther. Vor allem die Figur ist es, mit der sie mir am Badestrand von M'nazi-Moja im Süden von Sansibar, der Stadt, deren Namen auch diese afrikanische Insel trägt, auffiel – dazu der Umstand, daß diese in einem Bikini steckte, etwas für eine Einheimische durchaus nicht Typisches. Der Halter vermochte die Brüste nicht zu fassen, nur gerade zu bändigen, und das Höschen spannte über einem straffen, fülligen Po.

Wie oft habe ich den Kopf geschüttelt über den Irrtum der Afrikaner, Kleidung für Fortschritt zu halten, wenn ich die Männer schuften sah als Holzfäller, Kakaopflükker, Diamantenschürfer – triefend von Schweiß, aber in blödsinnigen Hosenröhren steckend. Doch erst durch Jeyo ist mir aufgegangen: Gott hat diese Menschen nackt gemeint!

Wegen des Bikinis – und auch weil sie jedweden Annäherungsversuch von mir hochnäsig ignorierte – hielt ich sie für was Besseres. Die wohlerzogene Tochter eines millionenschweren Gewürznelkenhändlers vielleicht, in einem der weißen, kühlen Araberpaläste zu Hause, nur für ihre Ferien auf der Insel und eigentlich Studentin in Kairo oder Lausanne. Ein Auto allerdings schien sie nicht zu haben, wie sich zeigte als sie aufbrach, und so probierte ich es, ihr zwischen den Autoreihen auf dem Parkplatz den Weg verstellend, ein allerletztes Mal – siehe da, mit Erfolg. Und mit gar nicht so mäßigem, wenn man bedenkt, daß das Kuß-Angebot das erste ist, was sie nach ihrem Namen sagt, und zwar gleich nach dem Einsteigen in meinem Wagen.

In Afrika sinkt die Sonne schnell. Die paar Minuten bis es finster ist, wird sie aushalten können, denke ich bei mir, auch wenn es ihr eilig zu sein scheint, wie das Gekrabbel ihrer langen, feingliedrigen Finger an meinem Oberschenkel vermuten läßt. Weiter denke ich, daß es in ihrem Sinn sein dürfte, wenn ich das offene Cabrio nicht auf der belebten Küstenstraße stoppe; denn schwarzweiße Liebeleien sehen die Sansibarer nicht gar so gern.

Sie scheint der gleichen Meinung, späht voraus, hält ihre Hand still und macht mich schließlich durch Druck darauf aufmerksam, das Tempo zurückzunehmen: »Sasa kulia! Right hand now!«

Jeyo mixt Suaheli und Englisch, aber noch denke ich mir nichts dabei. Dazu bin ich auch viel zu sehr von ihrer Stimme gefesselt, die nicht kehlig ist wie bei Schwarzen oft, sondern eher rauh, dazu sehr dunkel, im Tonfall sachlich und bestimmt. So biege ich wie verlangt rechts ab und in einen schmalen Feldweg ein, der sich in einer

Kokospflanzung verliert. Sowieso ist's mit dem Denken nicht mehr weit her mit dem mir in den Schoß gefallenen Sex-Paket neben mir, das nur aufs Aufschnüren wartet.

Ein eigenartiger Typ. Braun, tiefbraun, fast blauschwarz, doch augenscheinlich keine Negerin. Bei Negern nämlich, weiß ich, sind die Innenflächen von Händen und Füßen immer etwas heller, weil dort die Haut sich abwetzt, wogegen die ihrigen so dunkel sind wie das übrige. Das Haar ist im Afro-Look gekräuselt und so gepflegt, als sei sie Stammkunde beim besten Figaro in Paris, die Nase nicht abgeplattet, sondern schmal und gebogen, ihre Flügel zu Nüstern geweitet, welche ständig in bebender Bewegung sind. Also wohl eine Araberin, möglicherweise von jenen dunkelhäutigen Beduinen im jemenitischen Südarabien abstammend, von denen Sansibar einst besiedelt worden ist.

Die Schneise wird enger, Zurückstoßen mit jedem Meter schwieriger. Doch ist der gefundene Platz ideal – weit und breit keine Menschenseele, nur hohes, nie gemähtes Gras.

Soll sie ihren Kuß haben! Soll sie hundert Küsse haben, wenn sie für weniger nicht zu bekommen ist!

Als der Motor aus und an seiner Statt nur das niemals verstummende Zirpen der Zikaden zu hören ist – man riecht das einzigartige Aroma eines Tropenwaldes, süßdumpfig nach Fäulnis und zugleich stechend nach schwülen Giften –, da fällt mir nun schon gar nicht mehr ein, daß ›Kuß‹ ja gar kein Wort ihrer Sprache ist, sondern der deutschen. Also die Lippen gespitzt. Doch wie ich Jeyo an mich ziehen will, da macht sie sich steif. Und schüttelt ärgerlich mit dem Kopf. »Hapana! No!«

Warum? Was soll das? Kommt da wer?

Ich habe hinter mich geschaut, und dieser kleine Augenblick hat ihr genügt, das Mißverständnis richtigzustellen. Das Kleidchen fliegt auf den Rücksitz, ihr Körper ist nackt. Viel nackter als unsereins es kennt, nämlich vollkommen enthaart – und mit krasser Nacktheit springt mir nun also ›kus‹ ins Auge. Ich Narr! Natürlich, ›el-kus‹; arabisch: der Sprung, der Riß, die Spalte! Das ist es, was mir versprochen worden ist, und nicht ›weißes‹ Gefummel und Geknutsche.

»Napenda love . . .!«

Liebe möchte sie; oder das, was man Liebe nennt. Und ohne viel Umschweife, wie das draufgesetzte »Tafadhili« deutlich macht. ›Bitte‹, so heißt das Wort, doch so hervorgestoßen wie jetzt von ihr klingt es nach Kommando. Oho, die Dame weiß, was sie will.

Und schon ist Jeyo aus dem Auto gestiegen und hat sich mit Hilfe ihres gelben Bademantels ein Nest ins hohe Gras gedrückt, worin sie mich erwartet.

»Njoo! Komm! Nipe m'bo! Nipe kujitia! Gib mir Penis! Gib mir Beischlaf! Tafadhili – bitte!« Sie bittet tatsächlich, die Stimme fleht.

Ich werde zu ihr kommen, oh, ganz bestimmt werde ich, und meine Hand gibt ihr dies Versprechen, zärtlich über ihre schweißfeuchte Stirn streichelnd, doch nicht jetzt, nicht gleich – nicht solange ein kleines bißchen Helligkeit am Himmel und dieser fantastische Körper noch zu erkennen ist, der aggressiv wirkt durch seine Formen, durch seine Nacktheit aber auch keusch, verletzlich und kindhaft. Dies Widersprüchliche macht, daß sich mir das Bild für ewig in die Seele brennt.

»Jeyo . . .!«

Sie kann es nicht hören in diesem dröhnenden Gezirpe, braucht es aber auch nicht. Es ist ja für mich selbst gesagt. *Jeyo.* Ein Name, den ich nie vergessen werde. Aber vielleicht kann sie spüren, wie mir zumute ist. In der herabfallenden Nacht, die kaum noch das Weiße in ihren Augen erkennen läßt, sind jetzt auch ihre vom Lächeln entblößten weißen Zähne zu sehen.

»Njoo«, lockt sie, »njoo, komm«, um sich, als ich folge, mit einem geseufzten »Ahsante« zu bedanken.

Von den Sansibarfrauen wird gesagt, daß sie für die Liebe lebten, was mit der mohammedanischen Religion zusammenhängt, mit der unstillbaren Lüsternheit der Araber, nicht zuletzt auch mit dem nicht alltäglichen Broterwerb der Sansibarer in alter Zeit, der Sklavenjagd. Denn Sansibar war einmal einer der größten Sklavenmärkte Afrikas; noch 1865 wurden hier an die 60000 Sklaven gehandelt. Und Sklaven heißt natürlich auch Sklavinnen. Und das wiederum heißt: Hemmungsloser Einsatz aller weiblichen Waffen, um dem Verfrachtetwerden zu ungewissen Zielen zu entgehen. Wenn also die Sansibarerinnen, in Haremsgemächer eingesperrt, ihre Männer nicht an eine afrikanische Zweit-, Dritt- oder gar Viertfrau verlieren wollten, dann mußten sie sich einiges einfallen lassen.

Jeyo – mag sie die Tochter von sonstwem sein – zeigt sich als echte Tochter ihrer Heimat. Die Sterne sind aufgezogen, sind gewandert und wieder verblaßt, als sie endlich zur Ruhe kommt.

»Kwisha« lautet das erste Wort, welches sie dann sagt. »Schluß!« Und wieder mit der üblichen Stimme, der sachlichen kühlen, bestimmten.

Dann, schon ihr Kleid überstreifend, erklärt sie nur noch knapp, daß sie eben hier wohne, ein Stückchen landein auf der Plantage, eine Tochter von deren Besitzer, ganz recht, weshalb es absolut unnötig sei, daß ich mich bemühte. Sie dort, ich da, du verstehen? Und Tschüß.

»Lini kuja? Lini kuja ku'lala?« krame ich aus meinem Wortschatz etwas Suaheli zusammen. »Wann kommst du? Wann kommst du wieder mit mir schlafen?«

Sie schweigt, das Kleid zurechtrüttelnd über Schultern und Brüsten. Lächelt sie wenigstens?

»Hapa!« beschwöre ich sie. »Hierher!«

Doch nichts. Sie ist fort, ist schon nicht mehr zu sehen in der Finsternis, selbst das weiße Kleidchen bloß noch ein Schemen, als ich ein kurzangebundenes »Kwaheri«

höre, was unmißdeutbar Adieu bedeutet. Schluß also. Und kein Aufwiedersehen.

Zwei Tage habe ich es ausgehalten, dann machte ich mich auf den Weg zu der Pflanzung. Doch etwas Überraschendes stellt sich heraus: Der Pflanzer ist ein hellhäutiger Inder. Eine Jeyo kennt er nicht. Hat überhaupt keine Tochter, nur Söhne. Dem Himmel sei Dank, Herr, wie er mit anzüglichem Grinsen hinzufügt.

Sie hat also gelogen. Warum? Wer ist sie? Vielleicht doch eine reiche Tochter, die nur mal ausgebüxt ist und womöglich jetzt mit Eingesperrtsein dafür büßen muß?

Oder aber 'ne Prostituierte, die ihren freien Tag hatte, meint Ibrahim, der Barmann im ›Zansibar-Hotel‹, wo ich wohne, herzlos realistisch. Möglicherweise von Mombasa oder Dar-es-Salaam auf dem Festland drüben und zu einem Weekend hiergewesen. Vermutlich hat er ja recht, denn Herumfragen ist vergeblich, eine Jeyo unbekannt.

Bis sie mir nach einer Woche von allein übern Weg läuft.

Ich bin mit Ibrahim unterwegs, in seinem offenen amerikanischen Straßenkreuzer, mit dem er die am Ufer entlang führende Kaunda Road nach willigen Girls für seine Stammkunden abzugrasen pflegt, als plötzlich das rassige schwarze Gesicht neben mir ist – hinter der Scheibe eines VW-Käfers, der sich vom ›State House‹ her in den Verkehr einordnet.

»Jeyo . . .!«

Keinerlei Zeichen von Erkennen. Sie blickt mich an – und durch mich hindurch. Und ist auch schon abgebogen und verschwunden.

»Sie kennen sie, Sir?«

»Ich dachte . . .«

Ich zögere, denn ich habe irgendwie das Gefühl, mit der Wahrheit besser zurückhalten zu sollen.

»Bloß, wie kommen Sie auf Jeyo? Das ist doch kein

Name. Das ist ein Wort aus der Massai-Sprache. *Jeyo* heißt Mutter. Ihr richtiger Name ist Lowa. Aber«, so setzt er mit einem breiten Lachen hinzu, »es hätte durchaus sein können, daß Sie sie kennen – sie treibt es nämlich ausschließlich mit Weißen.«

Die Geschichte, die ich aus Ibrahim herauskitzle, ist die von einer emanzipierten, frei über ihren Körper verfügenden modernen Afrikanerin. Lowa ist bei der Regierung angestellt. Eine höhere Staatsbeamtin und von solchem Einfluß, daß die Männer sie pausenlos attackieren, um sie ins Bett und dadurch in die Hand zu bekommen.

»Aber sie ist zu klug, sich darauf einzulassen, und nimmt sich lieber einen weißen Mann, einen Touristen aus Europa, weil der ja bald wieder fortgeht und auch nicht wie einer aus Indien auf der Insel Verwandte hat, welche nur darauf warten, einen Tip zu kriegen, wie sie das Mädchen erpressen können. Aber auch, weil ein Weißer größer gebaut ist. Denn mit einem Inder, haha, können unsere Weiber nichts anfangen. Kifupi – verstehen Sie, Herr? – zu klein.«

Ibrahim lacht wieder sein breites, zähnebleckendes Lachen, und liebend gern würde er sich weiter über die Mängel von Indern auslassen, ein für Sansibar-Araber unerschöpfliches Thema, doch ich lasse ihn brüsk anhalten: »Simama! Stop!«

Die Plötzlichkeit, mit der ich mich von Ibrahim verabschiede, mag unhöflich sein, doch es ist mir egal. Wie es mir auch egal ist, was er davon hält, daß ich mir das erstbeste Taxi schnappe, von einer Hoffnung getrieben, die fast schon Gewißheit ist. Vor mir schwebt das Bild einer gewissen Plantagenzufahrt.

Es gibt unser Nest noch in dem hohen Gras neben dem Feldweg in die Kokospflanzung, und als ich dort ankomme, ist Lowas Leib schon nackt, ist sonnenüberglänzt hingebettet und wartet.

Aber ich sage nicht Lowa. Ich sagte Jeyo. Sie nickt.

Das Dorf ohne Männer

Die Hinterachse war gebrochen, und so würde es ohne fremde Hilfe nicht gehen. Bassenge erhob sich, riß ein Büschel blaues Steppengras vom Wegrand und wischte sich den Lehm von den Stiefeln und Knien. Er spürte, daß er starke Kopfschmerzen hatte, und als er die Hand vom Schädel nahm, war sie voller Blut. Es mußte passiert sein, als er im Schlagloch gegen das Dachgestänge des Jeeps geschleudert worden war. Bassenge machte sich auf den Weg zu den Hütten, die er abseits im Dschungel ausgemacht hatte.

Die Frau mochte Ende zwanzig sein, doch ihre Brüste ragten noch vor, ohne zu hängen. Überhaupt war sie annehmbar für eine Eingeborene. Sie sagte, daß sie Maoi heiße.

»Wo ist dein Mann?«

»Es gibt keinen Mann.«

»Dann einen anderen. Ruf irgendeinen.«

»Es gibt keine Männer.«

»Sie sind auf der Jagd, meinst du?«

»Sie sind in der Stadt der Weißen. Sie müssen arbeiten. Wir Frauen sind allein. Und manchmal sehr lange.«

Bassenge sah, daß sie keinen Bauch vor sich herschob. Vielleicht war es das, was sie annehmbar wirken ließ. Bassenge konnte sich nicht erinnern, je eine Eingeborene gesehen zu haben, die nicht schwanger war. Gestern waren sie noch Kinder, die um ein paar Körnchen Salz bettelten, und morgen schon wurden sie zu Müttern.

»Kennst du jemand, der in die Stadt gehen könnte?«

»Alle könnten.«

»Ein schon etwas größerer Junge. Er muß zuverlässig und gut zu Fuß sein. Er müßte ein bestimmtes Haus finden können.«

»Mein ältester Sohn«, sagte sie. »Ich werde ihn fragen, ob er Lust hat.«

»Er wird bezahlt, gut bezahlt. Hier sind meine Zigaretten als Anzahlung.«

»Er muß Lust haben«, sagte Maoi.

Sie schlüpfte aus der Hütte. Ihre Gesäßbacken waren prall und muskulös, aber als sie sich draußen aufrichtete, konnte man in der Sonne sehen, daß sie wie der gesamte Körper mit den Narben, die der Aufenthalt im Wald verursachte, und rotgeränderten Moskitostichen bedeckt waren.

Der Junge erwies sich als etwa vierzehnjährig. Er war nicht dumm und begriff sofort. Bassenge hörte ihn seine Mutter fragen, was auf dem Zettel, welchen ihm der Weiße gegeben habe, stehe. Die Antwort war, daß sie ebensowenig lesen könne wie er. Bassenge hörte auch die Stimmen anderer Frauen, deren Fragen von Maoi stereotyp damit beantwortet wurden, daß er ihr Gast sei, einzig und allein der ihre.

Sie kam mit einem Napf voll Brei, der wie Kitt aussah und auch so schmeckte, und postierte sich, während Bassenge aß, im Schlupfloch der Hütte, ihn so musternd, daß es ihn schließlich irritierte.

»Willst du etwas? Sage es getrost. Aber viel habe ich nicht bei mir.«

»Ich will ein Kind von dir.«

»Ich glaube, ich habe dich nicht richtig verstanden...?«

»Du sollst mir ein Kind machen.« Die Stimme wurde eifrig: »Es würde heller sein. Es würde bessere Möglichkeiten haben. Es würde nicht nur Lasten tragen oder

Schmutz zusammenfegen müssen in der Stadt. Wenn es ein Mädchen wird, könnte es in einem Bordell arbeiten; wenn es ein Junge wird, könnte er solche Papiere austragen, wie mein ältester Sohn das jetzt für dich tut.«

Der Eifer in ihrer Stimme hatte sich verloren. Bassenge merkte, daß er nicht länger mehr überzeugt werden sollte. Erst als die Frau das Messer in der Hand hielt, gewahrte er, daß sie es an einer Lederschnur unterhalb des rechten Knies getragen hatte. Ein spannenlanges, dünnes Messer, das nur aus der Schneide zu bestehen schien.

Maoi setzte es ihm an die Brust. »Ich will es«, sagte sie.

Nachdem er mit ihr geschlafen hatte, legte sie sich mit angezogenen Knien auf den Rücken und verharrte so. Dann sagte sie: »Noch einmal, ich will sicher gehen.«

Sie gab sich auch danach noch nicht zufrieden. »Ich will sichergehen!« wiederholte sie.

Als Bassenge, der ermattet eingeschlafen war, aufwachte, war es Nacht geworden. Es regnete schon wieder. Der Regen rauschte auf das Palmblattdach der Hütte, und das hörte sich gut an. Zwischen den Kochsteinen neben dem Schlupfloch brannte ein kleines Feuer. Es roch nach gebratenem Huhn. Ein guter Geruch, der zu dem guten Klang des Regens auf dem Palmblattdach paßte.

Bassenge mußte an den Jungen denken, der bei solchem Wetter zu Fuß und nackt unterwegs war. Er sprach die am Feuer hockende Gestalt an: »Ich hoffe nur, dein ältester Sohn hat keine Angst vor Regen.«

Maoi drehte sich um. »Er ist schon lange vor dem Regen wieder umgekehrt. Er hatte keine Lust mehr.«

Sie fächelte mit einem breiten Blatt über das brutzelnde Huhn. »Dies ist von Irta, meiner Nachbarin. Sie schickt es dir mit ihren besten Grüßen. Sie hat einen Wunsch.«

»Nein«, sagte Bassenge, ich bin doch kein … Seid ihr denn allesamt übergeschnappt?!«

»Sie will es«, sagte Maoi nur.

Es war zu dunkel in der Hütte, und so konnte er Irta nicht sehen. Bassenge stellte sich vor, daß es Maoi sei. Er wunderte sich, daß er imstande war, ihrem Wunsch nach Begattung ebenso oft nachzukommen wie dem von Maoi, bis ihm aufging, daß er gedopt war. Das Mittel mußte in dem kittartigen Brei enthalten sein, denn als Irta sich endlich zufriedengab, bekam er erneut welchen.

Später, als Maoi sich wiederum vor dem Schlupfloch ihrer Hütte postierte, wußte Bassenge, daß er keinerlei Chance hatte. Er war kein Gast, er war ein Gefangener.

Maoi kam wieder und wieder zu ihm, auch Irta kam regelmäßig, und es kamen wieder und wieder alle anderen Frauen des Dorfes, doch ihre Namen waren zuviel und zu ungewöhnlich, als daß Bassenge sie sich hätte merken können; so taufte er die Frauen mit Zahlen und kam auf dreiundzwanzig.

Er wußte nicht, ob Maoi ihn nicht vielleicht sogar verkaufte. Er sah nie mehr an ihr als die Hüftschnur und die Schmuckperlenschnüre um Fesseln und Handgelenke, die Blumen und Federbüschel hinter den Ohren und das Messer unter dem Knie. Sie aß von dem Essen, mit dem die Frauen ihn entlohnten, nur immer dann, wenn er etwas übrigließ und sie ausdrücklich dazu aufforderte.

Der Junge wurde immer wieder losgeschickt und kam immer wieder zurück. Bassenge hatte den Verdacht, daß er niemals wirklich fortging, sondern sich einfach nur für eine gewisse Zeit vom Dorf fernhielt.

Er durfte die Hütte verlassen, er durfte das Männerhaus betreten und sich in die Hängematten der Alten legen, die ein paar Wochen, nachdem die Männer in die Stadt gegangen waren, eine Influenzaepidemie dahingerafft hatte, und er durfte auch mit den Frauen auf die Taro-Felder hinaus, die auf einer Rodung im Wald lagen. Doch er war keinen Augenblick allein, und sobald Motorenlärm hörbar wurde, sperrte man ihn sofort in Maois Hütte, die dann von ihr mit gezücktem Messer bewacht wurde. Aber das geschah selten, denn Bassenge hatte damals eine nur schlecht zu befahrende Abkürzung gewählt, und schließlich hörte man gar keinen Motorenlärm mehr.

Bassenge entdeckte, daß die Schlaglöcher auf jenem Teil der Route, der auf das Dorf zuführte, zu Fallgruben vertieft worden waren, aus denen, als die Regenzeit einsetzte, grundlose, von Schlangen bewohnte Tümpel wurden. Sein Jeep, völlig rostbedeckt, war an den Wegrand gekippt worden und im Begriff, vom Urwald überwuchert zu werden. Wenn die Regenzeit vorbei war, würde er von einem vorbeifahrenden Auto aus nicht mehr zu entdecken sein – vorausgesetzt, daß überhaupt jemals wieder ein Auto vorbeikam. Der Ingenieur Bassenge wußte nur zu gut, daß es einfacher und billiger war, eine neue Straße durch den Dschungel zu brechen, als eine alte wieder instandzusetzen, wenn sie erst so wie diese zerstört war.

Bassenge ging immer seltener ins Freie. An das Gefühl, unaufhörlich belauert zu werden, hatte er sich gewöhnt, und er haßte die Sonne. Es war angenehmer, im Männerhaus in der Hängematte zu liegen, umgeben von gedämpftem Licht, vertrauten Gerüchen und vertrauten Geräuschen, zu denen auch die Stimmen der Frauen und Kinder zählten, die er inzwischen unterscheiden gelernt hatte.

Er kannte nun jeden Namen, doch rief er die Frauen immer noch bei der Zahl, mit denen er sie zu Anfang numeriert hatte. Und er rief sie oft. Es machte ihm Spaß, mit ihnen zu schlafen, denn sie waren ungekünstelt, verspielt und erfindungsreich. Ein Napf jenes kittartigen

Breis, dem er seine unerschöpfliche Manneskraft zu verdanken hatte, stand immer frisch zubereitet in Griffweite. Auch hatte er seine Favoritinnen, vornehmlich Maoi, doch wurde die Auswahl immer geringer, weil sich die Frauen ihm, sobald sich ein Bauch zu wölben begann, fortan strikt verweigerten.

Sonst tat er nichts. Er wartete. Eines Tages wußte er nicht mehr, worauf.

Maoi kam nieder, als die Regengüsse seltener wurden. Es war ein Mädchen. Die Frauen liefen zusammen, um es zu bestaunen, denn das Mädchen, welches sie Binga nannten – eine Verballhornung von Bassenge – war so hell wie ein Tabakblatt.

»Sie wird nicht in einem Bordell in der Stadt arbeiten«, bestimmte die stolze Mutter. »Sie wird bei ihrem Stamm bleiben, und du wirst sie, wenn sie gereift ist, schwängern, und ihr Kind wird ein weißes sein.«

»Oder es wird so braun sein wie du. Oder noch brauner, nämlich wie deine Vorfahren. Es gibt nun mal so was wie das Mendelsche Gesetz.«

»Wovon redest du?«

»Von Menschen, die gewesen sind, und von Kindern, welche kommen werden.«

»Dann lehre Binga dies.«

»Ach, das ist viel zu schwer.«

»Es ist nicht zu schwer«, begehrte Maoi auf.

Sie rief nach dem ältesten Sohn, der nun schon fünfzehn war: »Zeige ihm, was du kannst!«

Der Junge nahm das spitze Messer, hockte sich vor die Hütte und schrieb in den feuchten Lehm des Dorfplatzes: LIEGE MIT ACHSBRUCH FEST. KILOMETER 18 ABKÜRZUNG SÜDROUTE. BIN IN DEM DORF 1 MEILE WESTWÄRTS. BIS BALD, BASSENGE.

Bassenge starrte auf die Buchstaben, denen anzusehen war, wie mühsam und geduldig sie geübt worden sein mußten. Es war ganz still. Der Junge sagte nichts.

Maoi sagte nichts. Auch Bassenge selber sagte lange Zeit nichts. Als er dann mit einer stummen Geste das Messer forderte, bekam er es ohne Zögern.

Er deutete auf die Schrift und las: »Liege mit Achsbruch fest. Kilometer achtzehn. Abkürzung Südroute. Bin in dem Dorf eine Meile westwärts. Bis bald, Bassenge.«

Er zog das L des ersten Buchstabens nach, besann sich dann aber anders. Er hatte den Jungen nie leiden können und hielt ihn für verlogen. Doch jetzt begann er zu begreifen, wie alles zusammenhing.

Er ritzte den Namen des Jungen in den Lehm: INGAL. Bassenge las laut vor, was er geschrieben hatte, doch Maoi wollte es zum zweitenmal hören und immer noch einmal.

Als sie später zu ihm kam, war es anders als bisher. Weder mit ihr noch mit irgendeiner anderen der Frauen war es je so gewesen. Bassenge, wachliegend, fragte sich, ob er vielleicht Liebe erlebt habe.

»Da haben Sie aber noch mal Glück gehabt, Herr Ingenieur, daß Sie an so ein nettes Völkchen geraten sind«, sagte der Mann im orangenen Overall der Ölsucher, der sich über Bassenges schmerzenden Kopf beugte. »Es gibt nämlich auch ein paar verdammt garstige Burschen hier herum im Busch. Wie das Weib sagt, in dessen Hütte Sie liegen, dürften Sie ganze Tage bewußtlos gewesen sein.«

»Maoi«, sagte Bassenge, der sich dumpf erinnerte, daß er auf einem Spaziergang in eine Fallgrube gestürzt und unten mit dem Kopf aufgeschlagen war.

»Ja, so heißt sie wohl. Sie hat Ihnen Suppe eingelöffelt wie einem kleinen Kind. Und ihr verdanken Sie auch diesen Komposthaufen aus Heilkräutern auf Ihrem malträtierten Schädel.«

Bassenge nahm Maoi neben sich wahr, die einen roten

Stoffetzen als eine Art Rock um ihre Lenden gewickelt trug, ein scheußliches Kleidungsstück, welches in seiner Erinnerung nicht enthalten war.

Ohne daß der Mann es merkte, ließ Bassenge seine rechte Hand ihr Bein hinaufwandern. Unter dem Lendenschurz war sie nackt. Die Haut fühlte sich kühl und fest und samtig und irgendwie elegant an. Es war ein angenehmes, wohltuendes Gefühl, das ein neues Stück Erinnerung zurückbrachte. Bassenge spürte eine Perlschnur um die Fessel. Er spürte ein Messer in einer Lederschnur unterhalb des Knies. Maoi stellte, als er höher griff, ihre Füße auseinander und öffnete die Schenkel.

»Tja«, sagte der Mann im orangenen Overall, sich aufrichtend, soweit das niedrige Hüttendach es zuließ, »dann werd' ich mal losfahren. Wird höchste Zeit, daß Sie aus diesem Dreckloch herauskommen. Ich schicke Ihnen einen Sanitätswagen, damit Sie nicht so durcheinandergerüttelt werden. Soll ich ihm für das Weib hier was mitgeben?«

Bassenge ließ die Frage unbeantwortet. »Es hat keine solche Eile«, sagte er. »Riskieren Sie also nichts.«

Kaum daß der Mann die Hütte verlassen hatte, hockte Maoi sich über ihn und ließ ihr Becken kreisen, wie sie es wohl auch schon bisher immer dann getan hatte, wenn ihr danach zumute war. Bassenge erinnerte sich.

Maoi beließ es bei dem einen Akt und entschwand. Bassenge beobachtete durch das Schlupfloch, daß sich das Tageslicht draußen plötzlich rot verfärbte. Wenig später hörte er ein merkwürdiges Prasseln und gleich darauf war auch der Geruch des Brandes zu riechen. Das Auslöschen des Dorfes dauerte noch keine halbe Stunde.

Für Bassenge war eine Hängematte vorbereitet. Niemand fragte ihn. Auch er sagte nichts. Maoi trug das vordere Ende. Die andere Frau kannte Bassenge nicht, doch kam sie ihm irgendwie bekannt vor.

Ein größerer Junge, der immer wieder zu Maoi kam, hatte einen Zettel in der Hand, den er wie einen Schatz trug. Bassenge ließ sich den Zettel geben. Er las: »Liege mit Achsbruch fest. Kilometer 18 Abkürzung Südroute. Bin in Dorf 1 Meile westwärts. Bis bald, Bassenge.«

Bassenge zerriß den Zettel. Er konnte sich nicht erinnern. Er wollte sich nicht erinnern. Der Junge kam näher und schlug ihm sorgsam einen Moskito von der Schulter.

Moy heißt – komm

Glaube niemand, daß einer sich nicht irren kann, nur weil er Professor ist. Gerade unsereins kann irren – und ich habe am eigenen Leib erlebt, wie sehr.

Es war, als hätte ich einen Schlag vor die Stirn gekriegt. Da ist man nun um den Erdball gereist, von New York bis in die hinterste Südsee, nur um zu erfahren, daß man zu spät kommt. Und gleich um ein ganzes Jahrhundert.

»Ach, du lieber Himmel, das war einmal! Muschelgeld, Kopfjagd, Tabus, das Umbringen eines Mitmenschen, der das Pech gehabt hat, Husten zu bekommen – das ist doch alles bloß noch Historie.« Bill Mackenzie, ein schwerer Mann mit rotem Vollbart und Pranken wie ein irischer Bauer, lachte jovial.

Im allgemeinen habe ich nichts gegen Missionare. Doch wie dieser hier sich spreizte, das mußte einen einfach gegen ihn aufbringen. Als ob ich der letzte Tourist wäre und nicht Völkerkundler mit zwanzig Jahren Forschertätigkeit auf dem Buckel.

Auch seiner Frau Margaret, die mir gegenüber auf der von einem schwebenden Propeller nur schwach ventilierten Veranda sitzt, scheint der Ton unpassend. Jedenfalls richtet sie sich in ihrem Bambussessel auf: »Und diese Sache da mit Umon? Der seinen Schwager mit einer Angelschnur erdrosselt hat?«

»Ein banales Eifersuchtsdrama. Mord im Affekt. Darum ist er ja auch noch auf freiem Fuß.«

»Irrtum! Es ging um Blutschande. Das Opfer hatte gegen eines der strengsten Tabus verstoßen, als es mit der eigenen Schwester schlief. Umon hat also altehrwürdige Sitte bewahrt – und das ist der Grund, warum er frei rumläuft. Richter Kamagar stammt aus einem alten Häuptlingsgeschlecht, und seit die Weißen fort sind, hat er kein Gesetzbuch mehr angerührt, sondern urteilt nach dem überlieferten Sittenkodex.«

»Woher hast du denn bloß diese Weisheit?«

»Ich höre zu, wenn die Weiber reden.«

Sich wieder zurücksinken lassend in den ächzenden Bambussessel, umfaßt Margaret Mackenzie ein Knie mit den Händen und zieht es hoch, so daß die Unterseite des Oberschenkels sichtbar wird.

Ich habe bessere Beine gesehen, ich habe schlechtere Beine gesehen – aber noch nie habe ich soviel von den Beinen einer Missionarsfrau gesehen. Margaret Mackenzie mag an die vierzig sein, dieser Typ englische Blondine, der nicht mal in einer Sauna schwitzt. Was ist es, was sie so in Hitze bringt?

Als sie von der Veranda auf die Lichtung hinunter grüßt, folge ich ihrem Blick und entdecke einen älteren Insulaner, der der Missionsküche am Flußufer zustrebt – ausgestattet mit Basttasche und Wanderstab und nichts auf dem Leib als die Bastschnur, welche den Penis hält.

»Das hat gar nichts zu bedeuten, Professor. Die Leutchen gehen wohl nackt, aber sie sind keine Wilden. Sie kennen den weißen Mann und seine Errungenschaften – nur daß sie sich nicht umstellen wollen. Hemd und Hose wären in dieser Waschküche hier reiner Unfug.«

Aber wieder ist Margaret Mackenzie anderer Meinung als ihr Mann: »Es hat sehr wohl was zu bedeuten. Dies ist nämlich Onega aus dem Dorfe Mala'i, und solange wir britisch waren, ist er nie so erschienen. Immer hat er Shorts angehabt, wenn auch erst auf den letzten hundert Metern. Und diese rote Hüftschnur da ist neu. Das rote Garn gibt es erst seit kurzem im Dorfladen.«

»Na, wenn schon. Hab' nichts dagegen.«

»Das würde auch kaum helfen. Es ist nämlich etwas in Gang gekommen. Die Insulaner lassen mehr und mehr weg. Ich bin darauf gefaßt, demnächst selbst Noro nur mit Hüftschnur zu erleben.«

Endlich zeigte Mackenzie Wirkung. Sein Grinsen ist aufgesetzt, nervös langt er nach seinem Glas.

Das Schweigen läßt die Schwüle spürbar werden. In der Luft liegt ein graues, monotones Rauschen von den Tropfen, die unaufhörlich aus den Baumwipfeln zu Boden rieseln. Die Sonne ist ein weißer Fleck in dem Wasserdampf, der aus den Sümpfen steigt.

Margaret Mackenzie, nun beide Füße auf der Sesselkante, hat angefangen, sich vor und zurück zu schaukeln. Es kann unmöglich Schamhaar sein, das dabei jedesmal sichtbar wird. Oder doch?

»Sagen Sie, Professor Thompson – waren Sie schon mal in einem Falu...?«

»Um Himmels willen, Maggie, fang jetzt nicht auch noch damit an!« Mackenzie zieht eine Grimasse.

»Ich nämlich bin schon mal in einem gewesen...«

Kein Wunder, wenn Margaret Mackenzies Stimme belegt klingt. Ein *Falu* ist ein Männerhaus, halb Tempel und halb Club; der Ort, an den die Männer eines Dorfes sich zum Palaver zurückziehen – oder auch nur, um mal Ruhe zu haben vor den allzeit schwatzenden, kichernden, nach Liebe und Kindern verlangenden Frauen.

»Heut' würde ich es nicht mehr wagen...«

»Und warum nicht?«

»Die Kerle hier haben sich ein bißchen damit«, meint Mackenzie erklären zu müssen. »Früher war ein Falu für Frauen strikt tabu, und nun drohen sie jeder, ihr den Hintern zu versohlen, wenn sie dort herumschnüffelte.«

»Ein blaugefleckter Hintern wär' das wenigste, Darling – aber ich hätte Angst, dabehalten zu werden als eine *Monol*.«

Sie schaut mich an, das verräterische Flackern der Lüsternheit in den blauen Augen. »Eine *Monol* ist eine bessere Prostituierte – und so ein blödes *Falu* nichts weiter als ein Bordell.«

»War. Nicht ist, sondern war! Nämlich vor hundert Jahren. Das ist ebenso Vergangenheit wie die Kopfjagd und alles andere.«

Mackenzie hat sich in Rage geredet und bemerkt es selbst. Er gießt uns Gin in den Papayasaft nach und klatscht dann nach Noro, dem Haus-Boy, damit er Nachschub bringt. Noro, der lautlos auf geschmeidigen Sohlen erscheint, ist groß und muskelbepackt, seine Genitalien eine deutliche Beule in den Shorts. Wenn er mit der Hüftschnur bekleidet wäre, müßte es sich folgenschwer auswirken auf den Gemütszustand von Margaret Mackenzie; ohnehin hat er eine merkwürdige Art, sie anzusehen.

»Zurück zum *Falu*«, nehme ich den Faden wieder auf, als Noro gegangen ist. »Sie wollten mir was darüber erzählen, Margaret...«

»Oh, nicht eigentlich. Da gibt's nichts zu erzählen. Nur – ich war drin in einem.«

»Sie müssen Maggie verstehen, Carlo. Für eine Frau ist es natürlich faszinierend, ein Männerhaus zu betreten. So wie es für einen Weißen schlechthin faszinierend ist, den Tabu-Platz zu betreten, wo die Insulaner einst ihre Menschenopfer verspeist haben. Wenn ich morgen nach Morofau hinüberfahre, können Sie gerne mitkommen. Die Insel ist berühmt für ihre *Falus*.«

»Mußt du denn unbedingt fahren, Bill?«

In Margaret Mackenzies Stimme ist plötzlich ein anderer Ton, und zwar Angst. »Wir müßten uns sowieso mal klarwerden, ob du hier weitermachen sollst oder nicht.«

»Wovon redest du? Was ist los mit dir?«

»Es ist was im Gange, Bill! Es ist etwas Unheimliches in Gang gekommen seit dem Tag, an dem die britische

Flagge vorm Gouverneursamt niedergeholt worden ist, und die Dinge entwickeln sich schneller und immer schneller. Und es ist auch in mir. Irgend etwas steckt in mir und in meinem Blut! Soll ich dir sagen, warum ich Angst hätte, als *Monol* herhalten zu müssen in einem *Falu* mit vierzig, fünfzig Männern...?«

»Aber ich sage dir doch...«

Sie läßt sich nicht unterbrechen. »Darum: Weil ich nicht sicher bin, ob's mir nicht Spaß machen würde!«

Und während sich Margaret Mackenzie zurücksinken läßt in die seufzende Sesselwiege, spreizt sie schamlos ihre Schenkel. Sie muß verrückt sein, vollkommen verrückt sein vor Verlangen. Aber Mackenzie merkt nichts. Kann auch gar nichts merken von dort, wo er sitzt. Doch hinter mir ist das Haus – und in ihm ist Noro. Was zum Teufel kann eine Frau wie Margaret Mackenzie dazu bringen, so leichtfertig mit dem Feuer zu spielen?

Ein Geräusch läßt mich erschrocken herumfahren. Doch es kommt aus dem Garten. Von der Missionsküche her ist der wandernde Alte durch das Gras gekommen und hat sich vor der Veranda aufgebaut, bescheiden wartend, daß man das Wort an ihn richte. Sein Gemächt ist enthaart, der nackte Beutel wie der eines Stiers.

»Wir werden Passagiere bekommen morgen«, übersetzt Mackenzie mir seinen Dialog mit dem Mann. »Verwandte von ihm von Morofau, ein Dorfältester und dessen Tochter, die sich auf Samoa den Blinddarm hat herausnehmen lassen. Sind übrigens mit dem gleichen Kopra-Schoner herübergekommen wie Sie.«

Das Mädchen ist etwa achtzehn und rund und drall. Sie liegt auf dem Bündel ihrer ausgezogenen Kleider, die wohl nur für die Samoareise angeschafft worden sind, und gibt sich dem Genuß des Betelkauens hin. Immer wieder muß sie ihrem Vater das Zustandekommen ihrer Bauchnarbe erklären.

»Ein Naturkind«, lachte Mackenzie.

Dann meint er ernst: »Schrauben Sie Ihre Erwartungen nicht zu hoch, Carlo. Erfreuen Sie sich an den Schnitzereien und an der Kunstfertigkeit, mit der alles zusammengefügt ist bei einem *Falu,* ohne irgendeinen Nagel – denn das Eisen des weißen Mannes wäre ein Sakrileg gewesen. Drinnen aber ist das Leben zusammengeschrumpft zu dem einer Eckkneipe am Broadway. Und: Hüten Sie sich vor selbstgebranntem Schnaps.«

»Kommen Sie denn nicht mit?«

»Oh, nein. Ich hab' ein volles Programm. Messe lesen, Eheleute trauen, Babys taufen. Wir sehen uns frühestens morgen abend wieder.«

»Und wo bleibe ich solange?«

»Wo auch ich bleibe. Bei Insulanern, die so freundlich sind, einen einzuladen.«

Wirklich werde ich am nächsten Tag ohne viel Umstände von unseren beiden Passagieren in Schlepp genommen. In einem sonderbaren, schwebenden Zockeltrab ziehen sie mich durch den dampfenden Dschungel. Als wir ankommen, haben die Dörfler schon erwartungsvoll Aufstellung genommen, und während die Weiber sich des Mädchens bemächtigen, werde ich von den Männern umringt und unter Lachen und Geschwätz vorangedrängt. Und da ist auch schon das *Falu* – das *Haus der Männer*.

Mein Gott, ist das ein Prachtstück! Es wäre jeden einzelnen Cent wert, den es kostete, es abzureißen und in mein Museum in New York überführen zu lassen. Wie schade, daß mir nicht erlaubt wird, meine Kamera mit hineinzunehmen. Doch ich müsse verstehen – kein ›Eisen‹.

Dunkelheit umfängt mich, eine anheimelnde Wärme, in der Muschelketten klirren, in der Lachen girrt, ein leiser, traumhafter Singsang ertönt. Ein winziges bißchen Helle kommt von einem Nest roter Glut. Es riecht nach dem Rauch, doch auch irgendwie nach Parfum – es riecht nach Frau, darauf würde ich wetten.

Einbildung, nehme ich mich in den Griff, nichts als Einbildung. Diese Margaret Mackenzie hat dich angesteckt mit ihren Fantastereien und nun hörst du, was du gern hören willst. – *Monols,* die im Falu zu Diensten stehen. Doch wie dann eine Hand nach der meinen langt, da ist es ohne Frage die einer Frau.

»Wer bist du? Wie heißt du?«

Ein Kichern. »Moy...«

Ich habe das für einen Namen gehalten, und ich tue das heute noch, obschon ich doch inzwischen weiß, daß es nur ›komm‹ heißt – doch wann hat ein Mädchen es je süßer ausgesprochen? Wann hat je eines so geschmust, sich dermaßen zielstrebig verhalten und dennoch nicht den Eindruck von plumper Direktheit aufkommen lassen? Das Begehren war wie ein Wünschen und leicht, als träumte man es nur. Und irgendwie muß wohl auch Übersinnliches im Spiel gewesen sein, weil es bei nüchterner Betrachtung völlig unerklärlich ist, wie ich es fertigbringen konnte, fünf Stunden lang zu lieben, ohne auch nur einmal zu ermatten.

»Alles nur Einbildung«, hat dieser verdammte Miesmacher von Mackenzie gemeint und breit gegrinst. »Tut mir ja leid, Carlo – aber es gibt keine *Monols* mehr im *Falu.* Das ist vorbei. Seit hundert Jahren auch hier auf Morofau.«

»Aber ich schwöre Ihnen, Bill...«

»Man kann so etwas träumen, oder? Man kann träumen, daß man's mit einer Frau treibt, und sogar einen Erguß haben!«

»Aber ich habe nicht geträumt! Ich habe gar keine Gelegenheit gehabt, zu schlafen und zu träumen, weil Sie ja in aller Herrgottsfrühe damit kommen mußten, daß ich Ihnen bei der Reparatur dieses blöden Generators der Hebammenstation behilflich sein solle.«

»Nicht doch. So beruhigen Sie sich doch.«

»Ich will Ihnen mal was sagen, Bill – ich habe den Verdacht, daß Sie mir mein Erlebnis ausreden wollen, weil Sie nicht möchten, daß es stattgefunden hat. Vielleicht aus Angst, daß man tatsächlich zurückgekehrt sein könnte zu den alten Zeiten des *Falu* und der *Monol*?«

»Das würde ich wissen.«

»Wirklich? Wissen Sie alles?«

»Diese Menschen sind wie die Kinder. Mogu spannt Detar die Frau aus – die Insel weiß es am andern Morgen, und was mich betrifft, so erfahre ich es spätestens beim nächsten Besuch.«

»Aber das ist nach sechs Wochen. Wenn also letzte Woche ...«

»Aber nein! Schauen Sie, mein Freund, dieses System oder *Monol* hat doch darauf beruht, daß so ein Mädchen entführt wurde und daß dann Sühnegeld bezahlt werden mußte. Von einer Entführung würde ich hören. Und vor allem würde ich hören, wenn plötzlich irgendwo der Reichtum ausgebrochen ist.«

Eine einleuchtende Argumentation. Ich gebe auf. »Tut mir leid, Bill.«

Während unser Boot die offene See gewinnt und Morofau blaß und blasser zurückbleibt, versinke ich in Schweigen. Was um alles in der Welt ist da passiert in der Dunkelheit des *Falu*?

Es *kann* kein Traum gewesen sein. Unmöglich. Dieses Mädchen – absolut schweigend, die ideale Mischung zwischen Dienerin und Geliebter – hat mir doch Zigaretten gedreht; und sie hat mir von den Betelblättern gereicht, die mit Kalk aufbereitet werden, hat mir von dem im Feuer röstenden Fleisch geholt. Und zuletzt ist sie mit einer Schale voll eines Getränks gekommen, das ich mitgenommen habe, weil gerade in diesem Moment Bill Mackenzie mich nach draußen rief in den roten, feuchten Morgen. Es ist jetzt in eine Flasche umgefüllt, und ich denke mir, daß es sich um ein Liebesmittel handelt. Aber Mackenzie hält es für simple *Kava,* ein Gesöff, wie es überall auf den Inseln getrunken wird.

Ich habe ihm die Flasche dagelassen. Mackenzie sollte nicht denken, daß ich auch noch Zweifel hegte, ob er über das Nationalgetränk der Südsee Bescheid wisse. Doch ich mußte es bereuen.

Der Brief von dort unten hat lange gebraucht, um mich zu finden, und es erst vor kurzem geschafft. Eine Entschuldigung von Bill, daß er im Unrecht gewesen sei und daß es sich bei dem Zeug in der Flasche tatsächlich um ein Liebesmittel gehandelt habe, und zwar eines von fantastischer Wirkung.

Er sei rein durch Zufall darauf gestoßen, als nämlich eine Hündin, die ein paar verschüttete Tropfen aufgeleckt habe, schlagartig läufig wurde.

»Sie können sich also meinen Schreck vorstellen, alter Freund, als Margaret, die daraufhin natürlich neugierig wurde und von dem Zeug kostete, meinte, es handele sich um exakt das gleiche, von dem ihr Noro (unser Haus-Boy, Sie kennen ihn ja) seit Monaten jeden Morgen drei Tropfen verabreiche als ein angebliches Vorbeugungsmittel gegen Elefantiasis. Von mir zur Rede gestellt, hat sich dieser Schweinekerl Hals über Kopf aus dem Staub gemacht, und so habe ich voller Panik nach einem Flugzeug gefunkt. Inzwischen ist Margaret wieder okay. Aber sie hat vier Monate in einer Klinik verbringen müssen, damit ein bereits chronischer Blutandrang in den Unterleibsorganen, wie er von diesem Gift unter anderem herbeigeführt wird, rückgängig gemacht werden konnte.«

Zur Zeit – so der Schluß des Briefes – mache man Urlaub. Und danach werde man seine Zelte wohl in Sydney aufschlagen. In die Südsee und zu den Insulanern Mikronesiens ziehe sie jedenfalls nichts mehr. Sollten die Kerle ruhig ins Heidentum zurückversinken.

Es ist die Geschichte von diesem Zaubermittel, welche ich erzähle, als ich am letzten Wochenende, endlich genesen von einer Malaria und noch ziemlich klapperig, eine Party besuche, zu der der Millionär Foster Dunhill geladen hat, der Mäzen unseres Museums.

Ich bin bei Gott kein Salonlöwe, doch so wenig eitel ist ja wohl kein Mann, daß es ihm nicht schmeichelte, wenn ein dutzend Frauen mit glitzernden Augen an seinen Lippen hängen.

Mrs. Dunhill ist es, die das Schweigen bricht und über ihre Brüste streicht, als ob sie schmerzten. »Sagen Sie, Carlo – dies alles geschah also auf Morofau?«

»Ja. Morofau. Das ist zwei Tagereisen ...«

»Oh, ich weiß Bescheid. Ich habe es vor noch nicht einmal zehn Minuten erklärt bekommen. Dort drüben, am Kamin, die hübsche Brünette in Rot ... Eine Miß Sunday. Dr. Susan Sunday. Eine Kollegin von Ihnen aus San Francisco. Sie macht ebenfalls Studien in der Südsee – eine besessene Person, die im engsten Kontakt mit den Wilden lebt, nackt wie sie geht und ihre Speisen ißt. Sie war auch auf Morofau. Ich glaube sogar, zur selben Zeit. Komisch, daß Sie einander nicht getroffen haben?«

Ich habe Miß Sunday nicht angesprochen. Oder sollte ich besser sagen: Susan? Denn so nenne ich sie bei mir, und warum denn auch nicht.

Ich hocke vor dem Notizblock mit ihrer Telefonnummer in San Francisco, den dritten Tag schon. Doch ich traue mich nicht, sie anzurufen. Irgend etwas hält mich zurück, eine geheimnisvolle, zauberische Macht, die vielleicht überwunden sein wird, wenn auch diese Flasche Whisky vor mir endlich leer ist.

Bloß – was werde ich ihr dann zu sagen haben? Was sagt man überhaupt?

Jetzt weiß ich es: *Moy*... Komm...!«

Jennifer Gibbs

Das Feuer war heruntergebrannt und glomm nur noch. Die Zelte, die in seinem Schein rosafarben ausgesehen hatten, waren nun violett, und die Schatten, die die Menschen darauf warfen, ohne Umriß, weil sie dicht an die Wärme hatten heranrücken müssen. Vermummt hockten sie in ihren Feldstühlen, die Frauen der Gruppe mit ihren Füßen oben auf dem Sitz, doch weniger wegen des taunassen Grases als wegen der von Collins erzählten Schauergeschichten, welche einem das Gefühl gaben, von Schlangen und ähnlichem Getier umzingelt zu sein. Etwa die Geschichte von Lutembe, dem hundertjährigen Krokodil im Victoria-See, das sich von den Königen von Uganda herbeirufen und füttern ließ und das ihnen auch als Scharfrichter diente, wenn es darum ging, ein Todesurteil zu vollstrecken.

Geschichten wie diese, die knisternde rote Glut und die wohlige Wärme, wie sie vom Whisky im Magen entfacht wurde, waren es, die den vielgerühmten Zauber einer Safari ausmachten. Collins, ein knochiger, dunkelhaariger Mann – unter den ›white hunters‹ Ostafrikas der ›schwarze Pit‹ genannt – verstand sich auf sein Metier. Die Kunden würden vieles vergessen und mit der Zeit sogar auch, was ihnen selber Abenteuerliches in Afrika zugestoßen war, doch niemals diese Nächte am Lagerfeuer.

Als der Löwe, der schon seit einer ganzen Weile zu hören gewesen war, neuerlich brüllte, hielt er inne, um dann abzuwinken: »Er meint nicht uns, er wandelt auf

Liebespfaden.« Und an die drei Frauen gewandt fügte er hinzu: »Wie beim Menschen auch: Liebe macht blind – für anderes.«

Jennifer Gibbs, Dr. Gibbs' schöne blonde Frau, sah ihn an, wie er von ihr schon einige Male angesehen worden war, seit sie sich unterwegs befanden, und diesmal blieb ihm nichts übrig, als den Blick, der eine Frage ausdrückte und die Antwort darauf vorwegnahm, auf die gleiche Weise zurückzugeben. Besser unverblümt zu flirten als die Wahrheit erkennen zu lassen. Denn die Wahrheit war: Es handelte sich um keinen Löwen – es handelte sich um eine Löwin, und die Bestie war hungrig und gereizt und verflixt nahe.

Der Blick und das in ihm enthaltende Signal wurde eindringlicher, dann erhob sich die Frau: »Ich denke, es ist Zeit zum Schlafengehen.«

Sie ging, ohne ihren Mann zu achten, einen bebrillten, schmalen, nichtssagenden Gelehrtentyp, Londoner Physikprofessor, und brachte es fertig, dieses Biest, trotz Buschjacke und umgehängter Decke verführerisch auszusehen.

»Tja, Herrschaften, dann wollen wir mal. Morgen ist ein langer Tag, und wir müssen bei nachtschlafener Zeit los, wenn wir es in die Serengeti schaffen wollen, denn dazwischen liegt die Felsbarriere des Großen Grabens.«

Collins machte sich keine Gedanken über Jennifer Gibbs, er machte sich Gedanken über die Löwin. Es geschah immer wieder, daß eine Kundin ihm Avancen machte, ohne daß sie herausgefordert worden wäre, es gehörte geradezu zu einer Safari. Für die Frauen war nun mal ein ›white hunter‹ der Inbegriff des Männlichen, und hinzu kam, daß die Wildnis dazu herausforderte, Konventionen zu vergessen. So sahen es wohl auch die Ehemänner und drückten darum beide Augen zu; jedenfalls hatte es noch nie eine Szene gegeben. Auch Gibbs würde schlafen – oder sich schlafend stellen –, wenn seine Frau sich davonstahl, gerade einer wie er. Wenn etwas problematisch war, dann war das die Sache mit der Löwin. Feuer und Licht und Lärm des Camps hätten sie vertreiben, nicht aber anlocken sollen.

Collins durchstreifte das hohe, nasse Gras, die Nase gehoben, um Witterung aufnehmen zu können. Bei Nacht war die Vierhundertsiebziger, die er im Arm trug, nicht viel mehr wert als das Pfeifen eines Kindes im Wald. Falls die Löwin ihn anfiele – oder auch ein Leopard von seinem Schlafbaum herunter, ein Büffel aus seiner Kuhle heraus –, dann würde er es wahrscheinlich erst sehen, wenn es zum Schießen zu spät war. Eine geübte Nase war zuverlässiger. Sie sagte einem schon vorher, ob eine unliebsame Begegnung bevorstand.

Von einem Hügel aus blickte er zurück auf das Camp, von dem in der Dunkelheit nur noch das Nest der roten Glut zu sehen war und, als Spiegelung auf der Plane, im Küchen-Zelt die Karbidlampe. In entgegengesetzter Richtung, hinter einem anderen, höheren Hügel, war ein anderes Feuer, doch viel zu groß, als daß es von einem Camp hätte sein können; sein messingfarbener Widerschein füllte die halbe Breite des Himmels; ein Steppenbrand.

Die Löwin blieb still, kein Laut mehr von ihr. Das Raspeln und Feilen und Zirpen der Zikaden war zu hören, der Turako, der Regenvogel mit seinem gespenstischen Glockenläuten und alle möglichen anderen Nachtvögel, und dann auch dieses helle Klicken wie von Billardkugeln, welches entsteht, wenn Elefanten spielerisch ihre Stoßzähne gegeneinanderschlagen. Sie zogen im jenseitigen Tal so nahe unter ihm vorbei, daß Collins die glucksenden, polternden Verdauungsgeräusche, in ihren Eingeweiden hören konnte. Nein, keine Löwin.

Collins machte sich an den Abstieg, und mit jedem Schritt wurde der Gedanke an Jennifer Gibbs intensiver – und die Lust auf sie. Als er ankam, war auch das Küchen-Zelt dunkel und alles still. Seine Fantasie, in Schwung gekommen, hatte ihm vorgegaukelt, schon erwartet zu werden, doch das Zelt war leer. Es machte nichts. Wie es auch nichts machen würde, wenn die Frau überhaupt nicht kam. Man durfte diese Dinge nicht übers Knie brechen.

Collins warf seine verschwitzten und verdreckten, mit stinkenden grünen Blattwanzen übersäten Klamotten ab und hinaus vor das Zelt, wo sie von seinem Leib-Boy Hamisi geholt und gegen sauber gewaschene umgetauscht werden würden, die dann morgen früh militärisch ordentlich auf dem Schemel neben seinem Bett lagen. Nackt schlüpfte er unter das Moskitonetz. Bevor er sich in die Decke wickelte, plazierte er noch die Taschenlampe in Griffweite, daneben die Whiskyflasche für den Fall, daß die Dame einen Stubs nötig hätte, um über ihren Schatten springen zu können.

Es war seine gute Nase, die ihn, kurz bevor er einschlief, hellwach machte bis in jede Faser seines Körpers. Zwar war es nur Seife und das Jod, mit dem man hier auch den kleinsten Kratzer zu behandeln gezwungen war, damit er sich nicht nurch den alkalihaltigen Steppenstaub entzündete – und die Überdosis Parfüm, mit der diese primitiven Gerüche überdeckt werden sollten. Doch für seine Sinne war es der Geruch nach Frau, und er reagierte sofort.

Collins ertastete seine Taschenlampe, und während er sie unter der Decke anknipste, um eine Orientierungshilfe zu geben, bahnte er mit der anderen Hand einen Durchschlupf im Moskitonetz.

»Zieh aus, was du anhast, leg es auf den Schemel und komm so zu mir«, sagte er in die Dunkelheit, »denn sonst gibt das nur ein Kuddelmuddel, aus dem wir nie wieder herausfinden.«

Ein leises, tonloses Lachen antwortete, doch wurde nicht deutlich, ob aus Belustigung über seine Worte oder aus Befangenheit. Dann tastete sich eine Hand voran. Und dann war die Frau bei ihm.

Ihr Körper war heiß und fühlte sich genau so an, weich und fest zugleich, wie er das bei Frauen mochte. Ja, Jennifer Gibbs faßte sich gut an. Während Collins ihr übers Haar und wieder zurück zu streichen begann, dann über den Nacken und die erregende Tastatur ihrer Wirbelsäule bis tief nach unten, rollte sie sich auf den Bauch. Dann legte sie ein Bein über seinen Unterleib und ihren Mund dicht an sein Ohr.

»Bin ich schlimm?«

»Nein«, sagte er.

Und das war die lautere Wahrheit. Was war schon schlimm? Die Wildnis veränderte die Menschen. Er hatte erlebt, wie Männer, die als mächtige Industrielle, welche keinem Konkurrenzkampf aus dem Weg gingen, gekommen waren, die Hosen voll hatten angesichts eines Dikkichts, in dem ein schweißender, zum Sterben nicht bereiter Büffel stak – und wie Frauen, die man für verhätschelte Party-Weiber halten mußte, mutterseelenallein und unbewaffnet zu einer entlegenen Tränke wanderten.

Jennifer Gibbs brauchte keinen Whisky. Und sie hatte wohl auch seine Antwort nicht gebraucht; ihre Frage war nur gestellt worden, um überhaupt etwas zu sagen, ersatzweise für das in solchen Momenten wohlfeile ›Ich-liebe-dich‹. Sie suchte mit ihrem Mund nach dem seinen und saugte sich fest, und während sie es tat, schob sie ihren heißen, weichen, festen Körper vollends über ihn, ließ ihn das Dreieck ihrer Scham spüren und genoß es mit der gereiften Genußfähigkeit der erfahrenen Frau, wie er darauf reagierte.

Collins fühlte, wie die Hast von ihm abfiel und Zufriedenheit ihn entspannte. Das Erlebnis würde eines dieser ungehetzten, vollkommenen sein, wie er sie liebte als Abrundung eines erlebnisreichen Safaritages. Spielerisch bahnte er sich mit seiner Hand einen Weg.

Als sie sich endlich trennten, war es schon hell genug, um den Bademantel vor dem Feldbett zu erkennen und den blassen, nackten Frauenkörper, der aus der Grotte des Moskitozeltes entschwand, als letztes die gewölbten Hinterbacken. Collins wartete noch eine Weile, um nicht noch nachträglich Verdacht zu erregen, dann ging auch er hinaus.

Im ersten Licht des neuen Tags wob Bodennebel zwischen den Zelten. Alles wirkte traurig. Doch das war nur die Schuld jener Tristesse, wie sie Männer, die geliebt haben, üblicherweise heimsucht. Die Regenzeit war noch fern. Es würde ein schöner Tag werden.

Collins prüfte den Wind, ohne sich weiter damit aufzuhalten, und steuerte dann, um sein Wasser abzuschlagen, das nächstbeste Gebüsch an in der Lücke zwischen dem Proviantzelt und dem abgestellten VW-Bus.

Als er, den Bademantel schon halb geöffnet, das Auto hinter sich ließ, sah er sie. Genau genommen sah er nur etwas Schmales, Helles im Grau des Nebels, der hier, wo er sich vor dem Buschwerk staute, besonders dick war, doch war es ganz ohne Zweifel Jennifer Gibbs Gestalt und ihr langes blondes Haar, das mit dem falbfarbenen Bademantel zu einem Schemen verfloß.

Das erste, was ihm in den Sinn kam, war, daß sie die Vorschrift mißachtete, unbedingt und grundsätzlich das Abort-Zelt zu benützen, das regelmäßig nach Schlangen abgesucht wurde, dann aber fiel ihm auf, daß Frauen ja doch in solcher Situation zu kauern pflegten, und sofort überlegte er auch, was der Grund dafür sein könne, daß Jennifer Gibbs es nicht tat, und was ihm dazu einfiel, war, daß sie womöglich ausgesperrt worden war. Er dachte an Gibbs, den mickerigen Gibbs, von jähem Zorn gepackt...

Doch hier war noch etwas, sagte ihm seine Nase, nicht nur die Frau, und der Geruch war von der Art, daß er alle seine Nerven alarmierte. Ohne Frage ein Raubtier – doch was für eines? Er hatte noch nie dergleichen gerochen. Selbst für eine Hyäne oder einen Schakal, die Aasfresser waren und vor nichts zurückschreckten, war dieser Gestank zu widerwärtig.

Es war ein Löwe, ein Weibchen, und das arme Vieh sah zum Erbarmen aus, wie es sich da hinter der wie gebannt verharrenden Jennifer Gibbs aus dem Nebel schälte. Abgemagert, daß die Rippen wie Zaunlatten durchs Fell stachen, und augenscheinlich vollkommen verseucht von einer Blutvergiftung, die ihre Ursache in einer schon in Fäulnis übergegangenen, vom Eiter zum Platzen aufgeblähten Vorderpranke hatte. So etwas passierte, wenn ein Tier sich einen Dorn eintrat und die Wunde mit Verwesungsgift infizierte oder wenn es an ein renitentes Stachelschwein geriet. Abfälle, wie sie aus einem Safari-Camp zu stehlen waren, boten dann oft die letzte Chance, den Hunger zu stillen.

»Erschrick nicht«, sagte er leise zu Jennifer Gibbs. »Ich bin es.«

Sie gab einen schwachen Laut von sich, wagte aber nicht mehr, als endlich durchzuatmen. Die Löwin, die Augen geschlossen, regte sich nicht.

»Geh rückwärts! Ganz langsam und Schritt für Schritt.«

Jennifer Gibbs reagierte nicht. Nur ihr Atem ging rascher.

»Komm! Sie tut dir nichts.«

Jennifer Gibbs, ihren Blick auf die Löwin geheftet, schüttelte langsam den Kopf, anscheinend gelähmt vor Angst.

Rasch zu ihr tretend, ergriff Collins sie bei den Hüften: »Reiß dich zusammen, um Himmels ...«

Es war ein Fehler, eine Riesendummheit, die ihm als ›white hunter‹ niemals hätte unterlaufen dürfen und die ihm gewiß auch nicht unterlaufen wäre, wenn er diese Frau – woran Wärme und Rundung ihrer Hüften ihn erinnerten – nicht eben noch geliebt hätte. Collins wurde sich dessen schlagartig bewußt, als die Löwin das Haupt hob und gereizt knurrte. Er war ihr zu nahe gekommen, so wie vor ihm Jennifer Gibbs. Jetzt erst und zu spät ging ihm auf, daß es Vorsicht gewesen war und nicht Angst, die sie hatte erstarren lassen.

Als sie sich nun erschöpft an ihn sinken ließ, öffnete die Löwin die Augen. Ihr Nackenhaar richtete sich auf, als sie den zweiten Menschen entdeckte, das Knurren war drohend und klang alles andere als schwächlich; unversehens fuhr die gesunde Pranke empor.

Nur an dem Zucken ihres Rückens erkannte Collins, daß Jennifer zu weinen begonnen hatte, denn zu hören war nichts. »Ruhig, ruhig. Nur keine Panik«, flüsterte er ihr zu. »Sie wird wieder einschlafen.«

Es war gelogen. Genau das Gegenteil würde erfolgen, wenn erst die Sonne kam. Die Wärme würde die Lebensgeister des sterbenden Tieres noch einmal wecken. Vielleicht zum letzten Male, doch wahrscheinlich immer noch so, daß seine Instinkte mobilisiert wurden. Was nach Lage der Dinge nur eines bedeuten konnte: Blindlings zuschlagen, um sich zu verteidigen. Mit jeder Sekunde, die untätig verstrich, rückte dieser Augenblick näher und näher.

Collins spürte den warmen Frauenkörper, der ihm so vertraut war, und das Wagnis, welches so schnell wie möglich eingegangen werden mußte, erschien ihm viel zu riskant. Erst als er sich einredete, daß dies nicht nur die Geliebte sei, sondern die Frau eines anderen und außerdem eine Kundin, für die er die Verantwortung trug, vermochte er, tätig zu werden.

»Schieb dich rechts herum hinter mich, während ich von links her deinen Platz einnehme. Aber langsam. Um Himmels willen langsam!«

Die Löwin, das zu schwer gewordene müde Haupt im Gras, beobachtete zwar, was geschah, und da ihre Lefzen geschürzt waren, wirkte es, als ob sie dazu grinste, doch als Jennifer Gibbs, den letzten, den Platztausch abschließenden Schritt machend strauchelte, da schnellte augenblicklich die Pranke wieder hoch.

Als es endlich geschafft war, schwitzte Collins so sehr, daß ihm der Schweiß in Bächen über Brust und Rücken lief. Die Löwin witterte es, hob das Haupt und schnupperte; der zuckende Schweif verriet ihre steigende Erregung.

»Bleib noch. Bis ich dir's sage.«

Jennifer Gibbs stand an ihn angelehnt, ihre Brüste hoben sich mit ihren kurzen, flachen Atemzügen, und Collins wünschte, sie nicht gar so deutlich spüren zu müssen.

Die an den Dornen des Gestrüpps hinter der Löwin hängenden Tautropfen begannen zu leuchten, erst grüngold, dann rot – die Sonne ging auf. Und schon kamen auch die Fliegen, um sich auf der vereiterten Pranke zu sammeln. Die Löwin fing an, unruhig zu werden. Ihr Schweif kam nicht mehr zur Ruhe.

Im Küchen-Zelt rumorte es, die übliche Teekocherei, mit der ein Safaritag sich einleitete. Die Löwin roch den Tee und sie hörte auch die Stimme, mit der Hamisi vom Küchenchef herumkommandiert wurde: »Tia chai! Lete B'wana chai upesi-upesi! Tia chai!«

Die Löwin, die fiebertrockene graue Nase witternd gehoben, drehte lauschend ihr Haupt.

Dies war der Moment.

»Lauf!« Collins drückte Jennifer Gibbs mit beiden Händen von sich. »Lauf zu!«

Er selber blieb stehen. Mußte stehenbleiben, wenn er die Frau retten und nicht etwa noch über den Haufen rennen wollte bei der eigenen Flucht, und dieses Zögern, bevor er sich selber absetzen konnte, genügte der Löwin, um hochzukommen, sich herumzuwerfen und mit der gesunden Pranke zuzuschlagen.

Zwar brach sie gleich wieder zusammen, und da Collins zurückwich, traf ihn der weit ausholende, der Länge nach über ihn hinfetzende Hieb auch nicht voll, sondern riß ihm nur den Bademantel auf, doch dann geschah es – die Krallen verfingen sich im Gürtel, und als die Löwin entkräftet zurückfiel, riß sie Collins mit sich und auf sich herauf.

Nie sollte er den roten Rachen vergessen, nie den bestialischen Gestank des ihn anwehenden heißen Atems und nie die bernsteingelben fiebermatten Augen. Als er vor Schreck mit den Füßen zutrat (in die Weichteile, wie ihm später erzählt wurde), schnappte die Löwin nach Luft und das gab ihm die Chance, sich wenigstens wieder von ihrem Bauch hochzurappeln. Doch freizukommen gelang ihm nicht, weil die scharfen Krallen sich um diesen dreimal verfluchten Gürtel geschlossen hatten, Sekunde um Sekunde verrann, während Collins, im Knien an das Tier gefesselt, sich verzweifelt fragte, ob die Anstrengung es umbringen oder ob es noch ein letztes mörderisches Aufbäumen im Todeskampf geben würde.

Zur Seite fassend versuchte er, den Gürtel mit einer wilden Kraftanstrengung zu zerreißen, direkt neben der verhakten Pranke, aber er schaffte es nicht, und als die Löwin auf die andere Seite sank, da mußte er dem Zug folgen.

Es dauerte eine Ewigkeit, und Collins spürte seine schmerzenden Armmuskeln sich mehr und mehr verkrampfen, während die Löwin ebenso wie er neue Kräfte sammelte, doch plötzlich, ganz unversehens, spürte er sich frei. Jemand hinter ihm hatte den Gürtel zerschnitten.

Aber auch die Löwin war frei und reagierte, indem sie sich fauchend herumwarf. Doch da war Collins schon zu weit weg, als daß sie ihn noch hätte erreichen können. Sterbend sank sie zurück.

Als Collins sich umdrehte sah er, daß es Dr. Gibbs gewesen war; das Messer, das ihn gerettet hatte, hielt er in Händen. Dr. Gibbs lächelte, durch seine Brille blinzelnd, sagte aber nichts, sondern drehte sich um und ging davon zu seiner Frau.

Vielleicht würde sie die nächste Nacht wieder zu ihm kommen, vielleicht auch nicht. In der Wildnis war alles möglich. Collins hätte nicht sagen können, ob er es sich überhaupt wünschte.

Ein Hauch von Grün

Ich spürte, wie sie nach meiner Hand tastete. »Du gehen tanzen mit mir?« Die sonst kehlige Stimme der Ghanesin hatte einen weichen, schmeichelnden Klang.

»Wenn du meinst, daß ich dort mit hin kann?«

»Oh, du können. Viele weiße Männer sein da.« Sie lachte. Meine Antwort schien sie glücklich zu machen.

Sich wohlig zurücklehnend, streckte sie ihre Arme rechts und links auf der Polsterlehne der Sitzbank aus und schlug die Beine übereinander.

Die Beine, unbestrumpft und nackt, steckten in hochhackigen Goldsandaletten. Doch die Narben auf ihnen zeigten, daß Felicia im Busch groß geworden war. Auch ihre Arme waren unverhüllt, das Kleid hatte keine Ärmel. Ein enges Minikleid aus weißer Kunstseide, so knapp geschnitten, daß es vorn im Ausschnitt den Büstenhalter sehen ließ und auf dem Rücken dessen Schließe. Und wenn sie die Beine nicht übereinanderschlug, sondern nebeneinanderstellte, sah man zwischen ihren Schenkeln den Zwickel des weißen Höschens.

Ich hätte gewünscht, daß sie ein bißchen weniger hergezeigt hätte. Die Bar im ›Ambassador‹ war Kopf an Kopf besetzt. Wie immer gegen sechs waren die Europäer zusammengekommen, um ihren Drink zu nehmen. Nach einem Tag Arbeit in Accra im westafrikanischen Ghana hat man sich seinen Whisky redlich verdient.

Es ist kein Honigschlecken, den Ghanesen beim Aufbau ihres Staates zu helfen. Die jungen afrikanischen

Nationen sind mimosenhaft empfindlich, wenn es darum geht, vom ›weißen Mann‹ Rat anzunehmen. Als zum Beispiel die Köche im staatlichen ›Ambassador‹, alles Schweizer, zu monieren wagten, daß man sie drei Wochen lang nicht mit Butter beliefert hätte, mußten sie sich als ›Saboteure‹ abkanzeln lassen.

Aber es war nicht so sehr Felicias Aufzug, der den Männern den Kopf verdrehte. Alle Mädchen dort gehen eng und kurz und tief ausgeschnitten, wenn sie nicht das ›Clothe‹ anziehen, das Nationalgewand, ein Wickeltuch, das bis zur Erde reicht. Es braucht Gelassenheit, ihre absolut unbekümmerte Art neben sich ertragen zu können. Bei Felicia kam hinzu, daß sie schön war. Und sehr schwarz, tiefschwarz. Zwar hatte sie Nase, Augen und Mund ihrer Rasse und ganz ohne Zweifel eine Perücke auf. Doch das Gesicht war fein geschnitten und wirkte ungeheuer anziehend. Was die Haltung betraf, so war sie, trotz aller Lässigkeit, ausgesprochen edel. Haltung und Bewegungen – wie die einer Gazelle – waren es, durch die Felicia auch mir aufgefallen war, kaum drei Stunden zuvor.

Sie war mit einem weißen Ehepaar im Hotel erschienen, Engländern wie aus dem Bilderbuch, er dick und rotgeschwitzt, sie hager und gouvernantenhaft, weshalb das schwarze, grazile Mädchen zwischen ihnen wie ein Rennpferd mit zwei Ackergäulen wirkte. Als unsere Blicke sich begegneten, lächelte sie, und als ich an den Tresen trat, stellte sie sich daneben. Ich verlangte Whisky, und sie meinte in ihrem gebrochenen Englisch: »Nicht gut sein schon so früh.« Und als ich kurz entschlossen fragte, ob sie mir an einem der Tische Gesellschaft leisten wolle, da kam sie ohne Ziererei mit. Die Engländer nahmen es nicht übel. Sie kannten einander schon lange, der Mann war als Straßenbauingenieur im Land gewesen, als es noch britische Kolonie war. Als das Ehepaar jetzt aus dem Ashanti-Land übers Weekend nach Accra fuhr, hatte es Felicia eingeladen mitzukommen. Sie sollte bei ihnen wohnen und sich ein paar schöne Tage machen.

Selber trank sie nichts. »Nicht gut«, beschied sie mich. »Whisky und Glücklichsein, das zusammen zuviel.« Und drängte dabei verheißungsvoll ihr Knie an meines.

Eine Frau wie diese Zwanzigjährige war mir noch nie begegnet. Nur von Dirnen erwartet man ja, daß sie mit solcher Schamlosigkeit aufs Ziel lossteuerten, doch Felicia, Telefonistin von Beruf, war eine Häuptlingstochter.

Sie mußte mal auf die Toilette und war ganz aufgeregt, als sie wieder kam. Auf ›Damen‹ habe man sich erzählt, daß eine neue Sendung Wäsche aus Europa eingetroffen sei. Aus Nylon und in verschiedenerlei Farben. »Du mir schenken, ja...?«

In der Hotelhalle, an der Rückfront der Reception, gab es einige Läden für Ansichtskarten, Zeitungen, Parfümeriewaren und dergleichen. Das Seifenmädchen verkaufte die Wäsche, eine Aufmerksamkeit für die Hotelgäste.

Felicia nannte mir ihre Größe. »Achtunddreißig. Und bitte in Grün, wenn da sein!«

Grün nämlich, so hat die Afrikanerin herausgefunden, ist die Farbe, die schwarzer Haut noch besser steht als Weiß. Viele Negerinnern tragen deshalb grünen Nagellack auf Fingern und Zehen und tuschen sich die Augenlider grün.

Ich machte Felicia das Geschenk, das sie sich wünschte. Papier zum Einpacken hatte die Verkäuferin keins, doch würde es auch wenig genützt haben, denn Felicia hielt den Slip sofort gegen das Licht, um ihn auf Laufmaschen hin zu überprüfen.

»Ist okay. Danke.«

Nur mir war peinlich, wie die Männer am Bartresen grinsten. Felicia übersah es. Natürlich wußte sie, was es bedeutete. Doch sie konnte nicht verstehen, warum

Menschen dieser Sache irgendwelche Bedeutung beimaßen. »Ist etwas Besonderes, wenn man sich Wäsche kaufen, he?«

»Sie lachen nur, weil ich es war, der sie gekauft hat.«

»Aber – warum?«

Und da saß ich denn in der Bar des ›Ambassador‹ und sollte einer Afrikanerin erklären, was drei Dutzend Europäer an einem Damenhöschen komisch fanden. Was konnte ich sagen? Doch höchstens, daß ich das Gefühl hatte, wir Weißen seien in diesem Punkt die Rückständigen. Also schnitt ich ein anderes Thema an. Ich wollte von Felicia wissen, ob es immer so schnell ginge, wenn Mann und Frau sich kennenlernten.

Zuerst kam die Gegenfrage: »Du finden, gehen schnell?«

»Mhm, ich finde.«

»Du mögen nicht schnell?«

»Das ist eine andere Sache. Ich möchte von dir wissen, wie man es hierzulande hält.«

Felicias Stimme bekam ihren weichen Tonfall. »Als ich zehn Jahre alt, unser Lehrer erzählen uns Mädchen, daß Mensch nicht nur können reden mit Mund. Er auch können reden mit den Augen, mit seinen Händen, mit seinem ganzen Körper. Doch das sein eine Sprache, welche er nicht können lehren. Niemand können lehren. Man müssen älter werden, und dann von allein mehr und mehr darüber wissen. Vorhin ich kommen und dich sehen zu mir blicken und ich denken: Was bedeuten Sprache von sein Augen? Ich sie verstehen so: Ich wünschen deine Gesellschaft, ich finden dich sympathisch. Und als du dann treten an Bar, ich gehen auch nach dort und lassen meine Augen und meinen Körper zu dir sagen: Ich auch wünschen deine Gesellschaft. Und so – nun wir sitzen hier.«

»Gut. Und wenn du mich nicht ebenfalls sympathisch gefunden hättest?«

»Dann ich nicht machen sprechen Augen und Körper.«

»Und wir hätten uns nicht kennengelernt?«

Sie schüttelte verneinend den Kopf.

»Aber was ist, wenn dich jemand anspricht?«

»Dann ich sprechen mit Mund zurück. Wir Ashantimädchen gern scherzen und lachen und singen und plaudern. Aber nicht immer gleich sprechen in der anderen Sprache, o nein.«

Ich sah sie an: »Noch eine letzte Frage: Weißt du, was flirten ist?«

»Nein. Leider. Aber ich schon hören davon und gerne lernen. Du mich werden lehren, he?«

Sie hatte die ganze Zeit mit dem Slip gespielt. Jetzt zog sie ihn so über ihre zur Faust geballte Hand, daß sich das Material über den Handrücken spannte: »Sehen aus hübsch?«

»Sehr hübsch.«

»Und so sehen auch unten aus. Hübscher noch.«

Die Trinker wurden unruhig. Man brauchte ja auch nur das Glitzern in Felicias Augen zu sehen, um zu wissen, worum es ging. Allerhöchste Zeit, sich zu verkrümeln, wenn auch noch hellichter Tag war. Es überraschte mich nicht, daß Felicia meinte, vorher noch mal Pipi machen zu müssen. Im Taxi, die Augen des Fahrers im Rückspiegel beobachtend, lüpfte sie das Kleidchen – sie hatte recht, so sah der Slip noch viel hübscher aus.

Nur ein Holzklotz würde nicht hingefaßt haben. Felicias Schamhaar war kurz und drahtig, so daß es überall den hauchdünnen Stoff durchstieß. Ihre Reaktion war unerwartet heftig. Ein tierhaftes Knurren kam tief aus der Kehle, Wohlgefühl, Lüsternheit und Bereitschaft verratend, dabei war mein Streicheln doch nur ein ganz oberflächliches gewesen. Und mit ängstlichem Blick zum Fahrer nahm sie meine Hand auch sofort wieder weg. Ihr Brust hob und senkte sich, als sie mit tiefen, schweren Atemzügen ihre Fassung wiederzugewinnen suchte, und die Hände zerrten am Kleidersaum.

Es war harmlos, lediglich begütigend gemeint, als ich meine Hand auf ihre Hände legte, doch wieder gab sie diesen brünstigen Laut von sich. Zu meiner Verblüffung spürte ich, wie die Gespanntheit der zerrenden Hände nachließ, wie sie sich jetzt im Gegenteil die Schenkel aufwärts bewegten und das Kleid mitnahmen. Zugleich stieg mir das unverwechselbare Odeur einer liebesbereiten Frau in die Nase, überraschend frisch, eine nicht unangenehme Duftkomposition zwischen Seetang und Schafwolle, und als das Kleid den Schoß wieder freigab, bemerkte ich dort den feuchten Fleck.

Felicia saß steif, das Kreuz durchgedrückt, den Blick auf den Rückspiegel gerichtet. Weder ermunterte sie mich noch wehrte sie mich ab, doch war es ihr recht, daß ich dreister wurde, ja sie übernahm sogar die Initiative, und das wollüstige Knurren wurde zu einem Ächzen.

Und schon wieder geschah Verblüffendes. Aus ihrer steif verkrampften Haltung, mit dem Oberkörper sich über die Rückenlehne des Vordersitzes vorlehnend, begann sie auf den Fahrer einzusprechen – in einem mir unverständlichen Idiom –, dabei hob sie raffiniert den Allerwertesten an und machte sich von hinten her zugänglich.

Ich streifte das Höschen bis zum halben Schenkel herunter, und als sie meine Hand spürte, beugte sie sich sofort noch weiter vor, vorne drauflos plappernd und hinten sich darbietend.

Die Po-Backen waren klein und hart, jungenhaft rauh und auf ihrer unteren Hälfte von einem leichten Flaum bedeckt. Dazwischen der Platz von Schenkel zu Schenkel war so breit, daß meine Hand dazwischen paßte, von struppigem Kurzhaar bedeckt, in der Mitte die Bresche des Schlitzes.

Der Anblick sprach den Trieb an, doch auch den

Schönheitssinn – diese Haut, die sich anfaßte wie feinstes Saffianleder, dieses unnachahmliche Violett, zu dem ihr Schwarz sich verfärbte, wo es sich in der Tiefe verdichtete –, und eigentlich war es dieser Eindruck von etwas Sauberem, Edlem, Kostbarem, welcher mich dazu veranlaßte, den Slip ganz herunterzustreifen, über Felicias brav angehobene Füße weg. Und dann begnügte ich mich damit, den Vorgeschmack der aufregenden Gewißheit auszukosten, daß sie neben mir sitzen, daß sie mit mir tanzen, daß sie reden, trinken, lachen und die ganze Zeit über unter ihrem Kleid nackt sein würde – und nur wir zwei würden es wissen.

Felicia klopfte dem Fahrer vorn auf die Schulter und ließ sich auf den Rücksitz zurückfallen. Wir waren angekommen. Sie ließ sich den Slip geben und stopfte ihn ins Handtäschchen, wo schon der weiße war. Verschwörerisch kniff sie ein Auge zu – sie hatte verstanden. Und dieses fröhliche, kindhafte Einverständnis machte mich vollends verliebt.

Accra besitzt drei, vier Nachtclubs und eine Handvoll Tanzdielen. ›Lido‹ und ›Ringway‹ sind die beliebtesten Clubs, und von diesen ist ›Ringway‹ der schönere, weil man unter riesigen alten Bäumen tanzt. Bei 30 Grad selbst in der Nacht und über 90 Prozent Luftfeuchtigkeit bedeutet Tanzen Schwerstarbeit, und die Ausdünstung all der schwitzenden Menschen zusammen mit dem schweren süßen Blütenduft der Bäume ergibt ein Parfüm, das wie eine Peitsche auf den Geschlechtstrieb wirkt.

In den Pausen wurde eine Tanzschau gezeigt, weniger zur Unterhaltung der Gäste gedacht als zu ihrer Belehrung, denn Ghana ist ja ein künstliches Gebilde, das sich über die ehemals britische Kolonie ›Goldküste‹ und einen Teil von Togo erstreckt, Gebiete, in denen verschiedene Stämme wohnen, die sich in vergangener Zeit oft feindlich gegenüberstanden. Felicia jubelte jedesmal auf, wenn etwas aus ihrer Ashanti-Heimat vorgeführt wurde und erklärte mir die einzelnen Tanzformationen und die Bedeutung der Gebärden.

Nur bei einem Tanz schwieg sie, um unter dem Tisch um so kräftiger meine Hand zu drücken. Tänzer und Tänzerinnen saßen im Kreis um ein Mädchen herum, das seinen Körper in einer Art Bauchtanz wand, mit gespielter Verschämtheit auf einen bestimmten Burschen unter ihrem halbnackten, von rotlodernen Fackeln beschienenen Auditorium deutend, der den Geliebten mimte. Und während die Tänzerin kokettierend zunächst Flucht andeutete, dann zurückkam und abermals flüchtete, wurde der Rhythmus der Trommeln immer greller, immer aufpeitschender, und immer rascher und akzentuierter wurden auch die Beckenstöße der Tänzerin, dieses Schlängeln und Rotieren ihrer unteren Körperpartien, mit dem sie den Mann lockte, bis er aufsprang und sie keuchend an sich riß. Genau dies war auch der Moment, wo Felicia meine Hand zwischen ihre Schenkel führte.

»Willst du, daß wir gehen?« flüsterte ich.

Die Antwort war ein wildes, klammerndes Zusammenpressen der Schenkel, und schon hatte sie sich erhoben und lief dem Ausgang zu. Im Taxi dann – was für ein süßes Biest! – spielte sie dasselbe Spiel wie vorher. Und hübscher noch. Nämlich mir den Kopf zuwendend, um damenhaft zierlich zu sprechen: »Sein herrlich schöne Nacht heute, du nicht finden auch?«

Nur sie und ich wußten, daß der nachfolgende Seufzer nicht nur ein romantischer war.

Ich spürte eine fremde, wilde, animalische Regung in mir aufkommen, als ich fühlte, daß da nur ein Schlitz war und keine weiche Öffnung, auch nichts Gefälteltes, sondern ein scharf begrenzter Einschnitt in der drahtigen Haarwildnis. Felicia, diese ›Schülerin‹ im Flirten, hatte eine Melodie zu summen begonnen, um damit ihr lustvolles Stöhnen zu tarnen. Längst hatten wir die letzten Laternen hinter uns gelassen. Der Weg wurde schlecht und schlechter. Alle paar Meter plumpste der Wagen in tiefe Schlaglöcher. Was die Autoscheinwerfer erfaßten, waren nur noch Baracken und Hütten.

»Moment mal. Das kann doch wohl nicht stimmen? In dieser Gegend sollen deine Engländer hausen?«

»Wir zu mein Schwester fahren.«

»Aber du hast mir doch gesagt, du übernachtest bei diesem Ingenieursehepaar?«

»Ich zu ihnen sagen: wenn später werden, dann ich lieber nicht stören wollen und werden schlafen bei Schwester.«

»Es ist gerade Viertel nach zehn...«

Wie schon im ›Ringway‹ antwortete sie wortlos durch Schenkelpressen.

Es wäre nicht fair gewesen, eine Frau dermaßen hochzubringen, nur um sie dann mit sich alleinzulassen. Und wie gerne wäre ich mit ihr ins Bett gestiegen, wenn nur die Gegend eine bessere gewesen wäre. Ich hatte Angst um Geld und Paß!

Endlich, vor einem in eine hohe, abweisende Dornenhecke eingelassenen Brettertor, ließ Felicia halten. Ich zögerte, wurde aber an der Hand ins Freie gezogen. Daß der Fahrer den Fahrpreis wegsteckte, ohne nachzuzählen, war nicht dazu angetan, mich sicherer zu machen.

Die Autolichter entfernten sich. Hunde hatte in der Finsternis angefangen zu bellen. Felicia stand gegen das Tor gelehnt mit dem Kleid hoch auf den Hüften. Endlich durfte sich das brünstige Knurren aus ihrer Kehle lösen. Sie ließ den Kopf gegen meine Schulter sinken. Die Lust preßte ihr die Stimme ab, doch ich konnte verstehen: »Afrika-Männer so nicht machen. Nie, niemals. Erst du! Und du machen sprechen mein Körper soviel, ich nie vorher so kennen.«

Das erregte Flüstern, der Sinn der Worte, ihr warmer,

weicher Atem an meinem Hals, vor allem natürlich das, was meine Hand unten ertastete, ließen mich alle Furcht, alle Vorsicht vergessen.

Das Tor ließ sich vermittels einer geheimen Entriegelung öffnen. Die niedrige Holzhütte jenseits eines mit allem möglichen Kram vollgestellten Hofes, in dem ein Lastwagen parkte, war u-förmig gebaut. Eng aneinandergelehnt, meine Hand auf Felicias bloßem Hinterteil, schritten wir darauf zu, den nervös schnüffelnden Hund an der Seite. Felicia machte ein Geräusch, wie wenn sie küsse, nur schärfer, zischender, und kratzte mit dem Fingernagel am Fliegengitter der Tür. Eine Schwarze erschien, die ein Bauch und Unterleib unbedeckt lassendes weißliches T-Shirt trug. Felicia sagte etwas in ihrer Eingeborenensprache, und die Frau verschwand, die Tür offenlassend. Felicia nahm mich bei der Hand.

Dunkelheit empfing uns und Küchengeruch nach erkaltetem Talg. Die Stimme eines Mannes murmelte etwas wie einen Gruß, und irgendwo knarrte ein Bett. Dann berührte Tuch mein Gesicht – wohl ein Vorhang –, und gleich darauf zog mich Felicia nach unten. Ich konnte auf Bretterboden eine Matratze ertasten und auf ihr einen Haufen rauher, unbezogener Decken. In der Annahme, daß Felicia, die mich allein gelassen hatte, das gleiche tue, kleidete ich mich aus; als ich bei der Hose angelangt war, war sie schon wieder bei mir. Sie war nackt, und zum ersten Male konnte ich nun auch ihre Brüste fassen. Sie waren rund und schwer und hart und hatten fingerlang hervorstehende Warzen, deren leise Berührung augenblicklich das bekannte, tief aus der Kehle kommende Knurren auslöste.

Felicia kam sogleich über mich – vielleicht, weil sie es nicht anders kannte, vielleicht, weil weiterer Aufschub für sie unerträglich gewesen wäre. Über mir kauernd begann sie sich langsam, ganz langsam vor und zurück zu bewegen. Ich wagte lange nicht, sie anzufassen, aus

Furcht, daß es ihr fremd, daß es ihr unangenehm sein könnte, tat es dann aber doch, weil ich, wenn ich sie schon nicht sehen konnte, wenigstens fühlen wollte, was da mit mir geschah. Sie hielt augenblicklich inne, schien auch tatsächlich irritiert, überwand sich jedoch und entzog sich nicht, sondern verharrte geradezu aufmerksam – und dann setzte dieses Knurren wieder ein, wurde tiefer, wurde lauter, ganz laut, wurde zu Schreien, wie ich sie vordem so wild nie gehört hatte. Als sie kam, breitete sich ein Duft aus wie von frischem Heu.

Felicia kroch seufzend neben mich. Auf dem Bauch, das Gesicht in die Decken vergraben, wurde sie wie von Krämpfen geschüttelt, ihr Gesäß so hart und rund wie ein Ball.

In der Dunkelheit wurde von nebenan das Keuchen eines Mannes hörbar und, dieses übertönend, ein Kehlenknurren, wie ich es von Felicia her kannte. Ihr Gekicher verriet, daß auch sie die Geräusche gehört hatte, und plötzlich richtete sie sich auf, rief etwas hinüber, und der Mann antwortete, ohne sich zu unterbrechen, auch die Frau, und dann wieder war Felicia an der Reihe, in einem Ton, als ob sie dem unsichtbaren Paar einen Befehl erteilte. Danach ließ sie sich zurücksinken, suchte mein Ohr und flüsterte: »Schwager sein dumm, ganz dumm – er meinen, Muschi mit Hand anfassen sein unstatthaft.«

Beim zweiten Male blieb sie ruhig liegen, in der Stellung, die ganz normal schien, auf dem Rücken, die Schenkel gespreizt: »Ja, o ja, o ja«, doch als ich mich bewegen wollte bat sie: »Noch nicht.«

Ich merkte, daß sie nach ihren Füßen faßte. Dann gab es eine flinke, ruckartige Bewegung und als ich umhertastete in dieser gottverdammten Dunkelheit, da entdeckte ich, daß Felicia die Füße so unter sich gebracht hatte, daß sie mit dem Hintern auf ihnen wie auf einem Kissen lag.

Natürlich mußte jetzt wieder die Schwester unterrichtet werden, und ein Geschnatter hin und her setzte ein, als ob weder er drüben noch ich hüben vorhanden wäre, bis es endlich vom Knurren erstickt wurde. Heuduft und Seufzen. Das Zittern hart gespannter Gesäßmuskeln. Und unter meiner liebkosenden Hand die Saffianhaut, von der ich nun schon wußte, wo sie violett und sensibel war...

Als ich vom Schütteln an der Schulter wach wurde, war ein bißchen Helligkeit in dem Raum. Felicia neben mir schlief fest, auf dem Rücken liegend, nur die Füße von einem Zipfel Decke bedeckt – ein schlank und lang gewachsenes, mit herrlichen Brüsten begnadetes junges Mädchen.

Ihr Kopf sah ohne die Lockenperücke eher noch edler aus mit diesem in zahllose Zöpfe geflochtenen Haar.

Es war der Schwager, welcher mich geweckt hatte und mich nun mit dem Finger aus dem Liebesnest winkte. Er fahre mit seinem Lkw in die Stadt; es tue ihm leid, doch dies sei weit und breit die einzige Transportmöglichkeit für mich, um nach Accra zurückzukommen. Ein netter Mann, der mir sympathisch war. Auch seine Frau schlief noch, als wir uns hinausstahlen.

Felicia meldete sich den ganzen Tag über nicht, doch als es auf sechs ging, da hatte ich auf einmal ein komisches Gefühl, zugleich auch heftigstes Verlangen, und ging voll Hoffnung hinunter in die Bar.

Sie saß in einer Ecke allein an einem Tisch, strahlend wie jemand, der unbedingt ein Geheimnis loswerden muß.

Kaum hatte ich neben ihr Platz genommen, da hob sie lächelnd das Kleidchen. »Jetzt ich wissen, was flirten sein.«

Von weitem mochte es so aussehen, als ob sie schwarze Höschen darunter anhätte.

Aber sie trug, das wußte ich ja, nur weiße. Oder auch grüne.

Nachtstopp in Tokio

Die Stewardeß der JAL mit ihrem berufsmäßigen Gleichmut und diesem stereotypen Keine-Sorge-es-kann-nichts-passieren-Lächeln zählte nicht, und so war die erste Japanerin, mit der Goldsmith in Berührung kam, das Mädchen am Empfang.

Sie war recht hübsch, doch völlig unpersönlich. Sie nahm den Paß entgegen, bestätigte, daß eine Reservierung vorliege, und ließ ihren Gast stehen: *Chotto matte, kudasai* – warten Sie, bitte.«

Es dauerte. Es dauerte so lange, daß er glaubte, vergessen worden zu sein. Aber andere warteten ebenso, und Goldsmith lernte seine ersten Worte Japanisch. »*Chotto matte, kudasai.*« Herrgott, dachte er ein ums andere Mal, wie machen diese Kerle das – sind uns mit ihrer Elektronik um Jahre voraus, aber bringen es nicht fertig, einem das Bett zuzuweisen, das schon seit Wochen bestellt ist!

Er war müde von dem langen Flug, von der nicht enden wollenden Taxifahrt durch das abendliche Tokio, doch was ihn endgültig zermürbte, das war die Erkenntnis, daß es mit der Aushändigung des Zimmerschlüssels keineswegs zu Ende sein würde. Da gab es nämlich noch eine Hürde vor dem ersehnten Ziel, und das war der Lift. Menschenmassen stauten sich davor, doch nicht etwa wartend, nein, einer vorm andern dienernd, um Vortritt zu lassen, wem Vortritt gebührte – die Türen offen, Kabinen leer, die Liftboys, in diesem Fall in feschen Uniformen steckende, schnuckelige Girls, stumm harrend mit dem rätselhaften Lächeln Asiens auf den Gesichtern.

Das Zimmer dann war wie in allen diesen modernen Kästen aus Glas, Stahl und Beton. Mahagoni, die Stoffe darauf abgestimmt. Radio, Kühlbox, Klimaanlage. Das Fenster nicht zu öffnen, außer mit Dynamit. Japanisch nur ein im Bad zur gefälligen Benutzung plazierter Kimono, welcher allerdings ziemlich verlor, als sich das, was Goldsmith für ein kunstvolles Muster gehalten hatte, als der zahllos sich wiederholende verschnörkelte Hotelname entpuppte.

Auf dem Bett ausgestreckt, blätterte er übellaunig in dem aufwendigen Papierkram, mit dem solche Luxusschuppen mit ihren Einrichtungen vertraut machen – unnötigerweise, waren es doch überall die gleichen. Ein ›American Steakhouse‹ gab es auch, na, herrlich! Goldsmith fragte sich, was zum Teufel er verbrochen haben könne, daß es ausgerechnet ihn traf, auf dem Europaflug beim japanischen Zulieferer hineinschauen zu müssen; er, Al Goldsmith, siebenundzwanzig, unverheiratet und unbescholten.

Seine Laune besserte sich erst, als er auf den Hinweis stieß, daß es auch ein Türkisches Bad gebe und dort, auf Abruf wartend, eine Anzahl Masseusen für den Zimmerservice. Japanische Massage! *Special service!* Kein Mann auf der Welt, wenn er nicht gerade Papua oder Eskimo war, der nicht gewisse Vorstellungen damit verband. Al Goldsmith holte sich einen Drink aus der Zimmerbar und wählte die Nummer.

Erregung begann ihn zu durchfluten, während er wartete. Er schlüpfte in den Kimono, der schmeichelnd um die Hüften lag, und zum ersten Mal seit der Ankunft spürte er einen Anflug von zuversichtlicher Neugier.

Das Mädchen, das er auf dessen Klopfen hin einließ, enttäuschte nicht. Ein hübsches Gesicht, eine bemerkenswerte Figur, ein Englisch, das halbwegs zu verstehen war – und ein Name, um ihn sich auf der Zunge zergehen zu lassen: Katsumi. Ohne Umstände legte sie den Kittel ab.

Goldsmith mußte schlucken. Darunter kamen BH, Slip und ein Körper zum Vorschein, wie er ihn in solcher Vollkommenheit bisher noch nicht zu sehen bekommen hatte. Verlangend streckte er die Hände aus.

Aber das Mädchen schüttelte den Kopf. »Sie legen sich hin. Sie legen sich auf den Bauch. Sie gewähren mir Zugang zu Ihrem werten Rücken.«

Die Stimmlage war hoch und zwitschernd, und die Vorstellung, daß diese Japanerin mit dieser Vogelstimme auch stöhnen würde, steigerte Goldsmith' Erregung in einem solchen Maße, daß es ihm die Kehle abdrückte. Er nahm die gewünschte Stellung ein, öffnete dabei die Beine, damit sichtbar wurde, wie erregt er war.

Nichts geschah. Er spürte Hände über sich gleiten, Puder verteilend, der einen fremden, süß-würzigen Geruch verströmte. Was dann kam, war eindeutig Massage, wenn sie auch vor sich ging wie ein Liebesspiel. Vielleicht war es Sanftheit – vielleicht war es auch Zärtlichkeit. Al Goldsmith schloß seine Schenkel. Er wollte, daß es dauerte, und Katsumi würde wissen, wie lange.

Sie ging zum üblichen Kneten über, doch was dann kam, war alles andere als üblich. Sie schwang sich nämlich über ihn und kniete und tanzte auf seiner Wirbelsäule. Aber Al Goldsmith machte sich nicht länger Hoffnungen, es war wirklich nur Massage. Und trotzdem auch mehr. Die Entspannung ging einher mit einer außergewöhnlichen Sensibilisierung. Er spürte zwar nicht mehr das Gewicht seines Körpers, hingegen jeden Zeh, den Fußballen, die Ferse. Seine Erregung kehrte mit Macht zurück, als er sich vorstellte, in diesem sensiblen Zustand mit einer Frau zu schlafen – einer Frau wie Katsumi. Er öffnete die Beine wieder, doch jetzt um Platz zu schaffen, war er doch prall zum Bersten.

»Sie möchten ruhen, traumlos schlafen? Oder Sie möchten lieben?«

»Lieben...? Aber ja doch!«

Katsumi benutzte ihren Daumen an verschiedenen Punkten seines Körpers, darunter auch einen auf dem Damm am Beckenboden, wobei sie sein Glied nicht anders behandelte als zuvor ein Bein oder einen Arm. Sie erklärte ihm sogar das japanische Wort dafür. Wie an einer Puppe: »Wir dieses Ding nennen *chimbo*.«

Al begann zu begreifen, daß er sich falsche Hoffnungen gemacht hatte. Das Mädchen war zum Massieren gekommen und zu nichts anderem. Irgend etwas hinderte ihn aber, grob zu werden, wie er es zu Hause in San Francisco in solcher Situation getan hätte.

»Liebe mich doch«, bettelte er statt dessen.

Katsumi lächelte. »M-m. Zeit ist um.«

Goldsmith wollte sagen, daß er dafür zahlen würde, unterließ es aber. Er hätte sich gescheut, dem Mädchen Geld zu geben. Also deutete er nur auf sich und machte eine Geste, die sein Verlangen verdeutlichen sollte.

Katsumi lachte. »Sie sind jetzt viel fit für Liebe. Sie werden großen Spaß haben. Sie werden ein Mädchen finden auf der Ginza.«

»Ich will kein Mädchen von der Ginza! Ich will dich.«

Das Lächeln wurde plötzlich zur Maske, der Blick war ernst und nachdenklich.

»Könntest du nicht kommen, wenn du Feierabend hast?«

»Ich könnte.«

»Und? Wirst du kommen?«

»Mag sein, vielleicht ja.«

Al wollte auf ihren Schritt lauschen, wenn er sich im Korridor draußen entfernte, doch es war nichts zu hören. Die Tür war zu, und er war allein. Mit der mächtigsten Erektion seines Lebens und dem Gefühl, Bäume ausreißen zu können.

Für eine Bar war es zu früh und auch noch zum Essen. Automatisch wählte er die Nummer des Türkischen Bades. Es war nicht Katsumi, die mit ihm sprach, es war nur die gleiche zwitschernd hohe Stimme, die ihn aber sofort elektrisierte. Man werde sich seiner annehmen, er solle nur herunterkommen. Ja, einfach so im Kimono. Mit dem hinteren Lift.

Katsumi war besetzt. Die Blicke der auf einer Bank an der Wand aufgereihten Badewärterinnen verrieten, daß man über ihn gesprochen hatte und in welchem Zusammenhang. Al war sicher, daß es darum keiner größeren Erklärungen mehr bedürfen würde. Er wählte ein Mädchen mit sanftem, puppenhaft rundem Gesicht, Mandelaugen und Pagenkopffrisur. Ein Namensschild am Kittel bezeichnete sie als ›Keiko‹.

Die Badekabine erwies sich als regelrechtes Apartment mit Vorraum, Waschraum und Ruheraum. Al probierte die Liege. Als er sich umdrehte, war der Kittel abgelegt worden und Keiko nackt.

Der Körper war wie der einer Zwölfjährigen, besonders die Scham mit ihrer keuschen Blässe, der drallen Wölbung und dem wenigen, den Spalt aufregend schattierenden ungelocktem Haar. Auch die Brüste, obwohl von der Größe her die einer reifen Frau, wirkten kindlich durch nur gerade kirschkerngroße rosa Brustknospen. Al fuhr sich an die Kehle, wo plötzlich sein Herz saß. Seine Erektion hätte ihm selber Angst machen können.

Doch Keiko schlug nur lachend die Hand vor den Mund: »*Chimbo . . .!*«

Sie mochte nicht auf die Liege. »*Chotto matte, kundasai . . .*«

»Ah, shit!« schnappte er wütend zurück.

Sie ließ nicht erkennen, ob sie verstanden hatte, sie lächelte, bestand darauf, daß er auf dem Schemel im Waschraum Platz nehme und fing an, ihn abzuschrubben. Mit einem groben Waschlappen nahm sie sich seiner in einer Art und Weise an, als ob sie eifersüchtig sei auf den Duft von Katsumis Massagepulver. Manchmal konnte Al die Kirschkerne ihrer Brüste auf seinem Rükken spüren. Der Gedanke, daß sie sich irgendwann auch seiner privatesten Teile annehmen würde, ließ ihn fiebern.

Sein dichtes Brusthaar schien Keiko zu faszinieren. Sie kraulte darin, und sozusagen im Austausch durfte er ihr Brüste anfassen. Doch als er mehr wollte, wich sie zurück. Und als sie endlich dort anlagte, wo er sie so sehnlichst erwartete, da drückte sie ihm Lappen und Seife in die Hand, er möge sich selbst helfen. Und sah ihm ungerührt dabei zu, und Al kam sich vor wie ein kleiner Junge, der mit sich selber spielt. Noch nie war er so frustriert gewesen.

Aber mit einemmal war dann wieder alles ganz anders. Nachdem er abgespült war, bugsierte ihn das Mädchen in einen altmodischen hölzernen Badezuber und schlüpfte selber mit hinein. Sie überschüttete ihn mit Wasser, spritzte und planschte und kicherte, kraulte sein Brusthaar und warf sich über ihn, paßte aber höllisch auf, daß er ihr ja nicht zwischen die Beine geriet. Schließlich, völlig außer Atem, gab Al klein bei: »Du bist ein Biest, weißt du das?«

Das glöckchenhelle Lachen, das ihm antwortete, klang irgendwie glücklich.

Das Wasser war warm, sein hölzernes Behältnis irgendwie gemütlich. Frieden senkte sich über Al Goldsmith' Seele. Keiko sehen zu können, zutraulich und ohne jedes bißchen Scham ihm auf Reichweite gegenüber, war ihm auf einmal genug. Als sie ihn nach dem Abtrocknen zum Ruhelager geleitete, folgte er wie ein Lamm.

»Bleibst du...?«

Sie nickte.

Auf einem Schemel neben ihm, wischte sie ihm leichthändig über die Stirn, sobald sich dort auch nur der Anflug von Schweiß zeigte, mit einer so liebevollen Sanftheit, daß ihn das an seine Mutter denken ließ. Jedesmal wieder schwebten dann ihre Brüste zentimeterdicht über ihm, doch er verzichtete darauf, den Kopf zu heben, um nicht diese Stimmung kaputtzumachen.

Plötzlich fiel ihm ein, daß er keinerlei Geld mit hatte. Wenn er ihr schon kein Trinkgeld geben konnte, dann wollte er ihr wenigstens etwas Nettes sagen. »Du bist schön, wirklich – wunderschön.«

Keiko sah ihn an. Ein nachdenklicher, fragender Blick. Der gleiche Blick wie der, mit dem Katsumi ihn angesehen hatte, als er ihr sagte, daß er mit ihr schlafen wolle.

Als er endlich fertig war, war es zum Essengehen fast schon zu spät. Nachdem er auf der Ginza in drei, vier Nightclubs hineingeschaut hatte, landete er an der Bar im Oberstock des ›Copacabana‹. Unter den Taxigirls gefiel ihm eines ganz besonders. Wie die anderen auch steckte sie in einem schwarzseidenen engen Cocktailkleid, hatte jedoch einen enormen Busen, der fast das Dekolleté sprengte. Durch eine kosmetische Korrektur, bei der die Mongolenfalte an den Augen beseitigt worden war, sah sie nicht viel anders aus als ein amerikanisches Collegegirl bei der Schulabschlußfeier. Chichi nannte sie sich.

Nachdem Al das dritte Mal mit ihr getanzt und sie danach am Tisch bei den Kolleginnen abgeliefert hatte, zog ihn sein Nachbar am Tresen ins Gespräch. »Sie sind sich hoffentlich klar darüber, Mister, daß Sie so, wie Sie's anstellen, arm werden können?«

»Wieso?«

Der Mann, ein Schwede von der hiesigen Botschaft, erklärte es. Ein Taxigirl – besser ›Hostesse‹ – hatte Anspruch auf tausend Yen pro Stunde, plus Anteilen aus der Rechnung für den Konsum, und zwar sowohl dem des Gastes als auch des ihrigen.

»Ja, das hat sie mir gesagt. Und ob ich ihr einen Gin-Tonic spendierte.«

»Mhm. Und dann hat sie Ihnen, wie ich beobachtet habe, ihre fünf Kolleginnen vorgestellt.«

»Ja. Und?«

»Die nun ebenfalls auf Ihre Kosten trinken. Und Ihnen vom Kassierer wegen Inanspruchnahme ihrer Zeit mit je tausend Yen in Rechnung gestellt werden! Falls Sie nicht zufälligerweise Millionär sind, mein Lieber, würde ich Ihnen raten, sich schleunigst dünn zu machen.«

Freundschaftlich legte sich des Schweden Hand auf Als Schulter. »Das ist nun mal *mizu shobai,* die Welt des Vergnügens, und die hat ihre eigenen Gesetze. Übrigens gehören nicht nur Hostessen, sondern auch Geishas, Masseusen und Badewärterinnen dazu. Möchten Sie denn mit der Kleinen schlafen?«

»Wenn sich's machen läßt...«

»Sagen Sie's ihr! Fragen Sie sie klipp und klar, ob sie mit Ihnen geht, wenn sie Schluß macht. Wenn sie ja sagt, ist's eine dreckige Lüge. Denn wenn sie wirklich Interesse hat, dann wird sie Ihnen irgendein Mitternachtslokal nennen, wo sie Sie dann abholen kommt – oder aber auch nicht.«

Nach dem nächsten Tanz wollte der Schwede von Al Bescheid wissen: »Na?«

»Sie hat sich die Zimmernummer von mir geben lassen. Sie kommt ins Hotel.«

»Gratuliere! Sie sind ja ein richtiger *Doan Fuan!* Sie wird, so schätze ich, fünfzehntausend haben wollen – beileibe nicht als Lohn, sondern als Trinkgeld, sie ist ja keine Dirne. Und sehen Sie zu, daß ein bißchen Gebäck bereitsteht. In Japan wird man nicht intim, indem man miteinander ins Bett steigt, sondern indem man, sobald man allein in einem Zimmer ist, gemeinsam etwas zu sich nimmt. Also, mein Freund – Glück auf!«

Er grinste zweideutig: »Machen Sie's gut – sie wird's Ihnen entlohnen.«

Goldsmith holte Chichi zum letztenmal. Er war wieder erregt und gab ihr das zu spüren, und sie tat desgleichen.

»Ich bin ganz *uiteru,* scharf«, flüsterte sie heiser. »Du hast mich *muzu muzu suru,* heiß gemacht.« Sie preßte sich mit ihrem Unterleib an ihn: »Oooh, mhm – *chimbo*...!«

Al Goldsmith wartete in seinem Zimmer bis es eins wurde. Da das ›Copacabana‹ wie alle Nightclubs um 23.00 Uhr schloß, war mit Chichi nun nicht mehr zu rechnen. Er kam sich wie der letzte Idiot vor mit diesem immer wieder verbesserten Arrangement aus Rosen, Obst, Gebäck und Sake-Wein auf dem Tisch. Wenn sich das verdammte Fenster hätte aufkriegen lassen, würde er das Zeug rausgekippt haben. So landete es schließlich im Papierkorb. Er war schon im Halbschlaf, seine Uhr zeigte auf halb zwei, als er es an der Tür klopfen hörte.

Die Erregung sprang ihn an wie ein Tier. Er mußte erst einmal tief Atem holen, um überhaupt aufmachen zu können.

»Chichi...«

Doch es war nicht Chichi, es war Katsumi, und er war irgendwie froh darüber. Statt des Masseusenkittels trug sie Rock und Bluse, doch in seiner Fantasie nur BH und Slip. Er bot ihr einen Sessel an, um einen rettenden Einfall betend, wie sich der Inhalt des Papierkorbs auf den Tisch zurückzaubern lasse.

Aber Katsumi wollte sich nicht einmal setzen. »Sie möchten lieben?«

»Das fragst du noch?!«

Zum ersten Mal war das Lächeln nicht das unergründliche Asiens, sondern lieb und erfreut. Al bekam sogar einen Kuß. Doch bevor er sie noch richtig umarmen konnte, entwand sich ihm Katsumi wieder.

»Ich komme nämlich fragen für meine Freundin Keiko, welche ist sehr scheu, aber auch sehr *uiteru.* Sie haben Keiko eingeladen...«

Al sah sie an. »Was? Ich...«

»Sie zu ihr sagen, sie sein schön, sehr schön, *ne*?«

Al Goldsmith nickte. Er nickte wieder und wieder, immer heftiger und zustimmender.

Den Empfangsimbiß hatte er kaum wieder halbwegs arrangiert, als die angelehnte Tür aufging. Weinflasche und Gläser hielt er noch in der Hand.

Keiko verbeugte sich tief und ernst, von zarter Röte überhaucht. Sie trug einen schwerseidenen Kimono wie eine Braut, grünblau und silbern, hochgeschlossen bis unter das Kinn und mit einer Art Leibbinde, und als Al sachte, ganz sachte seine Hand danach ausstreckte, war er sich bewußt, daß er es nicht nur nach einem Gewand tat, sondern nach einem Zipfel der Geheimnisse Asiens...

Das Ende einer Party

Die Scheinwerfer des Jeeps stocherten in die Nacht, um eine Lichtung auszumachen oder doch wenigstens einen Stand Elefantengras oder eine Kuhle am Rande des Weges, die sich als Liebesnest benutzen ließe, groß genug für vier, aber doch auch kuschelig.

Doch da war nichts, nur der Wald, fest wie eine Wand, und dieser zerklüftete Weg mit den wassergefüllten, unberechenbaren Schlaglöchern, wie sehr Will Padlock auch suchte, und daß die Hand auf seinem Schenkel fester und fester zupackte, machte das Problem nicht einfacher.

»*Njoo,* Will! *Njoo!* Mach zu!«

»'n bißchen Geduld noch, mein Engel.«

Gern wäre er zu der aus Kuhdung gebauten Hütte gefahren, dem Schlupfwinkel seiner Knabenjahre am Anstieg zum Mount Meru, doch die beiden ›Bibis‹ hatten es eilig. Wenn eine Schwarze sich entschied, daß sie sich mit einem Mann hinlegen wollte, dann sollte es gleich sein.

»*Napenda love,* Will. *Tafadhili – napenda love.*«

»*Ndio,* Schätzchen, *ndio*! Ich weiß ja, daß du Liebe möchtest. Wird sich ja auch bestimmt gleich ein Plätzchen finden.«

N'yuki hatte ›Love‹ gesagt, Suaheli und Englisch miteinander mixend, doch nur, weil sie ein Stadtmädchen war und so was vom Kino her kannte. In Wahrheit meinte sie Beischlaf oder besser Geschlechtsverkehr, denn wenn von Liebe nicht die Rede sein konnte, dann erst recht nicht von Schlafen. Einmal in Fahrt gekommen, würde sie als echte Wa'kafi nicht eher Ruhe geben, bis es Zeit war für ihren Bus nach Arusha, und nicht zuletzt deshalb hatte er sie ja auch eingeladen, bei seiner Party mitzumachen.

Diese Partys waren Brauch geworden, seit Will sich als Führer von Foto-Safaris verdingt hatte, um dem ewigen Gezänk mit seinem alten Chef aus dem Wege zu gehen, ob es gescheiter sei, Kaffee oder Mais anzubauen oder aber nichts von alledem, um es mal mit Sisal zu probieren, einem Schotten wie er im Buche stand, stur und gottesgläubig. So wie der Seemann noch einmal richtig auf die Pauke haut, bevor es auf See geht, so ließ auch Will sich los, denn das Leben im Busch war nichts als Schinderei, üblere als auf der Farm, und romantisch nur für die Kunden.

Und da das Hotel noch nicht gebaut war, das sich bieten lassen würde, was Will Padlock unter einer Party verstand, wurde in dem Bungalow gefeiert, den er, abseits vom Haupthaus, an der alten Pferdetränke für sich errichtet hatte – ein ganzes Wochenende lang, von Sonnabendmittag, wenn die Gäste einzutrudeln begannen, bis Montagfrüh, wenn sie sich wieder davonstahlen, mit brummendem Schädel und schlechtem Gewissen, weil wieder mal viel zu viel gesoffen, unanständig dahergeredet und Lärm gemacht worden war.

Diesmal hatte es noch einen zweiten Grund gegeben außer der bevorstehenden Safari, die Sau loszulassen. Tippi Deh war aus England, wo er auf Kosten der Padlocks Landwirtschaft studierte, auf Urlaub gekommen, der Sohn von Shabani, dem Vormann und guten Geist der Meru-Farm, und Wills Blutsbruder aus wilder Kinderzeit.

»*Njoo,* Will! *Nataka love.* Will – *nataka!*«

Nicht, daß sie das Wort ›mögen‹ durch das drängendere ›bauchen‹ ersetzt hatte, beunruhigte Will Padlock, sondern daß N'yukis Stimme, sonst dunkel und rauchig, kehlig geworden war, was ihre Worte gequält klingen ließ und so, als sei weitere Verzögerung für sie unerträglich.

Mit einer Hand weiter lenkend, zog er mit der anderen das Mädchen zu sich, um den schmalen Rücken herumgreifend, so daß er eine Brust umfangen konnte, ihre Warze war schon steif wie ein Bleistiftstummel.

»Ummm«, grunzte sie schaudernd.

Will griff noch fester zu. Doch nicht nur, um sie bei Stimmung zu halten, sondern auch aus Vorsicht. War so eine ›Bibi‹ sowieso schon schwer berechenbar, dann ganz und gar, wenn das bißchen Verstand, das sie hatte, nur noch zwischen ihren Beinen saß. Nicht mehr lange, vielleicht nur noch eine einzige Minute, und N'juki würde explodieren – und dann gab es zwei Möglichkeiten: entweder sie tat es zu ihm hin, sich liebestoll auf ihn stürzend, und wenn auch der Wagen steuerlos an einen Baum krachte, oder sie tat es, in ihrer Eitelkeit verletzt, in die andere Richtung und über den Türeinstieg hinweg, ebenso unbekümmert darum, daß sie dabei riskierte, sich das Genick zu brechen.

Will klemmte die Brustwarzen zwischen Daumen und Zeigefinger – eine kleine Chance, gegebenenfalls auf die Richtung Einfluß nehmen zu können.

»Ummm, Will... Ummm...«

Will kniff zu, sich wie schon oft und immer wieder darüber wundernd, welcher Reaktionen die schwarze Haut fähig war, die sich doch sonst so taub anfühlte.

»Stopp!«

Die Aufforderung kam von hinten, von den Rücksitzen her, und zugleich auch ein Klapps auf Will Padlocks Schulter: »Halt um Himmels willen an, Mann!«

Tippi Deh brachte seinen Mund an Wills Ohr: »Ich weiß ja nicht, was mit deiner ist, aber was die meinige betrifft, so geht sie mir glatt an die Gurgel, wenn ich's ihr nicht augenblicklich besorge.«

»Aber wo, Menschenskind, wo?! Ist doch alles Wald hier. Und das Unterholz kannst du vergessen.«

»Semeni swahili!« ging N'yuki dazwischen. »Sprecht Suaheli! *Sifamahu;* ich versteh' nicht.«

»Ist doch egal, Mann«, fuhr Tippi fort, ohne sich um sie zu kümmern. »Von mir aus auch auf den Sitzen.«

»Das ist eine ganz schlechte Sitte des weißen Mannes, und in Afrika ...«

»Sema swahili!« Das kam energisch, als Befehl, und Will konnte auch an der Brust in seiner Hand merken, wie es gemeint war.

»Ist ja schon gut. Halten wir eben, okay?«

Er ließ den Wagen ausrollen und machte den Motor aus. Sofort war der schrille Lärm zu hören, den die Grillen machten, war dieser Geruch des Regenwaldes zu riechen, dumpf nach Fäulnis und stechend süß nach schwülen Giften, und war zu sehen, daß es Tag werden wollte.

Tippi, auszumachen nur an seinem weißen Hemd, ging weiter den Fahrweg hinauf, ab und zu in den Wald verschwindend, und kam dann, während N'yuki Wills Brusthaar zu beißen begonnen hatte, zurück: »Nehmt alle Decken. Und irgendwas zum Zuhauen für den Fall, daß das die Wohnstube von 'nem Rhino ist, was ich da entdeckt habe. Ja, und nicht zu vergessen den Whisky.«

Die Kuhle war tatsächlich von einem Nashorn gemacht, doch sie war schon lange wieder verlassen worden, denn es gab hohes Gras darin und vom Wind zusammengetragenes dürres Gezweig. Nachdem es entfernt worden war, war es ausgesprochen gemütlich.

»Bist du immer noch der Winnetou von uns zweien«, sagte Will Padlock, Tippi Deh die offene Flasche reichend, während er mit der anderen Hand an N'yukis Bein nach oben strich, die sich auszuziehen begonnen hatte. Als er oben ankam, verharrte sie, sich jäh im Kreuz durchbiegend: »Ummm... *Hi'i inanipendeza,* das gut gut. Oh! Ummm...«

Doch er nahm die Hand wieder weg, um sie sich weiter ausziehen zu lassen. »Mach zu, Schatz!«

Die jetzt leicht schwitzige Haut des Mädchens nahm das erste Licht auf, alles Runde hervorhebend, die Arschbacken und den abstehenden, strotzenden Busen und diesen sich merkwürdig vorwölbenden Schoß, der penibel enthaart war. Spontan küßte er das Schienbein vor seinem Gesicht, glücklich darüber, daß es mit der Hütte nicht geklappt hatte. Im Dunkel des fensterlosen Raumes hätte er auf all dies Schöne und Erregende verzichten müssen.

»Nicht«, sagte sie, das Bein wegziehend. »Bitte, nicht.«

»Keine Angst, daß ich erst noch lange knutsche. Ich weiß doch, was sich ziemt.«

Er zog sie an der Hand herunter auf die Decken, wo sie sich sofort zurechtlegte, ihm mit ihren großen Augen entgegenstarrend, als er sich entkleidete. Sie faßte ihn nicht an, hob sich nur entgegen, und wie immer war er fasziniert von dem Anblick einer Schwarzen in lustgespannter Erwartung. Noch größer war das Glück, N'yukis hochmütiges Gesicht sich entspannen zu sehen, als sie ihn spürte, sie klein und offen und weich werden zu sehen, zart, ja zärtlich.

Als sie dann ihren ersten Seufzer herausließ, dieses rauhe, aus tiefer Kehle kommende ›Ummm‹, da schlug die Lust über Will Padlock zusammen wie Flammen, die alles rundum erstickten. Rascher und rascher kamen die Seufzer, flach und tonlos geisterhaft, und dann begann sie, flinke, scharfe Bisse in seine Brust zu setzen, während ihr Schoß sich wie ein Mahlwerk rührte.

Doch dann war da irgend etwas, was störte, ohne daß er hätte sagen können, was. Laute wie Wimmern, wie von jemandem, der weinte.

Es war so. Die andere ›Bibi‹, ihre Augen weit aufgerissen, hatte sich aufgesetzt und, die Beine übereinandergeschlagen, ihren Schoß mit eingeklemmten Händen geschützt.

»Was ist denn mit dir...«

»Kirefu m'no!«

Das gibt es doch nicht, dachte Will Padlock, daß eine Schwarze sagt, daß ihr ein Mann zu groß sei, und wenn sie selbst noch Jungfrau wäre, und er war gespannt, was er zu sehen kriegen würde, denn es war nun doch schon eine Reihe von Jahren her, seit Tippi und er in die verschwiegene Waldhütte karriolt waren, um ihre Männlichkeit zu testen.

Was sich da präsentierte, war wirklich ungeheuerlich, fast nicht zu glauben, und er war versucht, hinzufassen, um es anzulangen, denn Freund Tippi grinste genauso wie damals in jenen Tagen.

»Kirefu!« konstatierte auch N'yuki, mit gespieltem Entsetzen ihre Augen rollend, fing dann aber an, die andere schimpfend zu belehren, daß ein Mann zwar groß sein könne und, wie zu sehen sei, sogar riesig, aber doch niemals zu groß, und daß sie sich nicht so anstellen solle, weil man höchstens noch zwei Stunden habe.

»Dann können wir ja tauschen«, begehrte das andere Mädchen auf. »Wenn du so groß bist, wie du schlau bist, dann müßtet ihr gut zusammenpassen.«

»Kommt gar nicht in Frage«, sagt Will Padlock, der in diesem Moment nur um den Verlust seiner warmen Geborgenheit fürchtete, aber dann spürte er an deren Abflauen, daß N'yuki Gefallen fand an dem Vorschlag, konnte es auch sehen, weil ihre groß und rund gewordenen Warzenhöfe wieder zu bläulichen Stempeln gerannen, und wiederholte eifersüchtig und böse: »Kommt nicht in Frage!«

Aber da war er schon von N'yuki entlassen worden, die sich geschmeidig unter ihm wegdrückte, um sich augenblicklich für Tippi zurechtzulegen, der auch nicht lange zögerte, Will kumpelhaft zublinzelnd, bevor er sich niedersenkte. Und im Grunde war das auch nur richtig so, schon gleich die erste ›Bibi‹ hatten sie miteinander geteilt wie davor auch die Töchter der Farmarbeiter, wenn sie, während die Frauen Wasser holten, die Hüttensiedlung heimsuchten.

Er produzierte ein ziemlich mißglücktes Grinsen, langte nach der Flasche und versuchte, während er trank, sich schlüssig zu werden, ob er übelnehmen solle. Er brauchte ja nur die Flasche zu leeren, sich zu besaufen und sich dadurch aus dem Verkehr zu ziehen. Aber dann fiel ihm ein, daß er am Nachmittag in Nairobi zu tun hatte, und das mit möglichst klarem Kopf; er ließ es also. Außerdem war es faszinierend, Tippi von N'yuki Besitz nehmen zu sehen, man konnte einfach nicht anders als hinsehen. Will Padlock korkte die Flasche wieder zu, um nicht den schönen Whisky zu gefährden, und machte dem anderen Mädchen ein Zeichen, sich zurechtzulegen.

Die andere war nicht besser und nicht schlechter als alle ›Bibis‹ Mitte Zwanzig, die in der Stadt lebten und ihre Freiheit genossen, aber sie war keine Wa'kafi, vor allem auch nicht, was deren forderndes Selbstbewußtsein betraf. Er nahm sie, nahm sie brutal und egoistisch, aber er war sich auch klar darüer, daß er vorlieb nahm, denn N'yuki neben ihm raste, ihren Kopf von einer Seite zur andern werfend, »Ummm« und »Ummm«, und wenn sie ihn hin und wieder mit aufgerissenen Augen anblickte, dann offensichtlich nur, um sich gewiß zu werden, wo sie sich befand.

Entspannt verlor er jegliche Lust, und das Mädchen wollte ihn auch gar nicht länger. Auch sie hatte schon die ganze Zeit den anderen beiden zugeschaut und richtete sich sofort auf, als sie von Wills Last befreit war, nach N'yukis Hand greifend, als könne sie durch deren Berührung ihrer Empfindungen teilhaftig werden. Und schließlich geschah, was Will hatte kommen sehen.

Kaum daß Tippi sich von N'yuki getrennt hatte, lud die andere ihn zu sich ein: »Ich will es probieren.«

Es war nun Tag geworden, aber es war noch Zeit und N'yuki durchaus willens weiterzumachen, wenn ihr auch der Schweiß lief, so daß ihr Körper bläulich schimmerte. Doch Will Padlock wartete gemeinerweise nur so lange, bis sie ihn ansprach, um sich achselzuckend zu erheben.

Njoo, Will, *njoo*... Komm doch, komm zu mir.«

Er setzte die Flasche an und nahm einen großen Schluck, dann stieg er über die anderen beiden hinweg und, auf N'yukis Wickeltuch tretend, in seine Hose.

»Sag nichts«, sagte er später zu Tippi, als die Mädchen an der Bushaltestelle abgesetzt waren. »Es war eine herrliche Party mit allem, was dazugehört, aber ich bin verdammt müde.« Und Tippi Deh nickte dazu und klapste ihm auf die Schulter, und alles war so wie früher, aber Will Padlock, konnte sich des Eindrucks nicht erwehren, daß Tippi die Ausbeulung in seiner Hose triumphierend zur Geltung brachte.

Als er im ›Norfolk‹ in Nairobi hörte, daß der Start der Safari um achtundvierzig Stunden verschoben werden müsse, schwenkte er ab in die Bar. Er brauchte nur eine Stunde, um sich so zu betrinken, daß der einzige Schwarze in seinem Kopf der vor ihm herumkaspernde Barmann war in seinem blöden roten Affenjäckchen, doch gerade als er sich klargemacht hatte, daß damit das Ziel erreicht war, kam diese rotblonde, dünne, fickerige Stewardeß herein, mit der er immer wieder mal schlief, Violet Backham oder wie sie hieß, und er schob ihr die Hand unter den Rock, kaum daß sie sich neben ihn gesetzt hatte.

»Sachte«, sagte sie und: »Pst, mein Lieber, artig«, aber sie kicherte dabei und setzte sich so, daß niemand wahrnehmen konnte, was sich am Tresen tat.

Daß das Nylon auf ihrem Schenkel sich anfaßte wie schwarze Haut, genauso resistent, nur leider nicht so taub und geheimnisvoll vielversprechend, ließ ihn grob werden, worauf sie ihr Gewisper einstellte, um sich nach außen hin über den Strohhalm ihres Planter's Punch zu beugen, während sie unterm Tresen die Knie aufmachte. Aber als das Ende der Strumpfhose erreicht war, war Schluß, und nachdem Will sie dort wütend gezwickt hatte, nahm er sie wortlos am Arm, ungeduldig zerrend, weil sie versuchte, rasch noch ihr Glas zu leeren.

»Violet?« sagte er, als sie im Zimmer waren.

»Ja«, sagte sie, schon fleckig im Gesicht und mit einem vor Gier irrlichternden Blick. Will Padlock begann zufrieden zu grinsen, weil er sich richtig erinnert hatte, doch sie nahm es als Lächeln, und schon gar nicht verstand sie ihn, als er sagte: »Hilf mir!«

Kichernd begann sie, an ihm herumzuknöpfen, und er ließ sie nach einem Moment des Widerstrebens gewähren. Sie hatte ihn mißverstanden.

Sie hatte diese fiebrigen Flecke dann auch am Körper und Schweiß in der flachen, knochigen Grube zwischen ihren Brüsten, aber sie schimmerte nicht. Sie war einfach eine weiße Frau mit einem rötlichen Spalt und rostfarben geronnenen Brustwarzen. Doch wahrscheinlich würde es trotzdem geklappt haben, wenn sie etwas gesagt hätte, als Will vor ihr paradierte, zumindest gezeigt hätte, daß sie interessiert Notiz nahm und beeindruckt war. Aber sie tat nichts dergleichen, machte sogar die Augen zu, und so klappte es nicht.

Will Padlock blickte an sich hinunter und lachte auf, unfähig, begreifen zu können, aber dann wurde ihm bewußt, daß er gleich ein merkwürdiges Gefühl gehabt hatte, als er sie so liegen sah.

Er verließ das Bett, eine Entschuldigung murmelnd, ging ins Bad und hatte dort auch rasch Erfolg, aber als er sie dann wieder vor sich hatte und ihre Muschi, die irgendwie dürftig aussah und so, als wäre sie wund, da ließ die Spannung wieder nach, und obwohl er sich beeilte, war alles Bemühen aussichtslos.

»War wohl 'n bißchen viel an der Bar, hm?« Sie war nett, ja doch. Sie nahm seine Hand und lieh ihm die ihre und sagte: »Wir kriegen das schon hin.«

Die Zeichen der Hektik, die ihre weiße, sommersprossige Haut scheckten, wurden intensiver, und die Luft, die nach der Klimaanlage und nach Whisky gerochen hatte, nahm zunehmend ein moosiges Aroma an, aber das war auch alles, denn was Will betraf, so waren auch die bemühtesten, selbstlosesten Versuche umsonst, und sie stellte sie dann auch ein, um sich lieber auf das eigene Genießen zu konzentrieren. Das wispernde, stoßweise Stöhnen kam schneller und schneller und heller und heller, um in einem spitzen Schrei zu gipfeln. Danach begann sie, mit Will zu spielen, aber wie mit einem Spielzeug.

»Laß«, sagte er.

»Warum nicht? Er ist so süß.« Sie kicherte.

»Ich will das nicht.«

»Wir haben die ganze Nacht für uns, wenn du magst«, sagte sie. »Du kannst dir Zeit lassen. Es liegt am Alkohol.«

»Nein!« sagte er. »Nein, nein, nein! *Hapana!*«

Will Padlock konnte später nie sagen, was der Grund war, daß er plötzlich auf sie einschlug.

Violet Backham hat in ihrer Aussage den Vorfall verschwiegen.

Mr. Padlock habe sich gegen 17 Uhr von ihr getrennt. Nein, anzumerken sei ihm nichts gewesen. Er habe nur schnell nach Hause wollen.

Der Schuß, der Tippi Deh am Morgen darauf traf, mußte – so das Untersuchungsergebnis – seinen sofortigen Tod zur Folge gehabt haben. Ein Jagdunfall, wie vom Untersuchungsrichter festgestellt wurde, der die Geldbuße festsetzte. Und anderes war, so wie Opfer und Unglücksschütze zueinander gestanden hatten, ja wohl auch gar nicht möglich.

Das Mädchen im Cheongsam

Nichts ist schwerer, als einen Cheongsam zu beschreiben. Modisch betrachtet handelt es sich um nichts als ein hautenges langes Kleid mit Seitenschlitz. Doch wie sich das darstellt! Die davon ausgehende Wirkung! Vor allem wenn einer sich wie ich wochenlang in der Südsee herumgetrieben hat, wo die Weiber schludrig einen Tuchfetzen um die Hüften würgen.

Gewiß, auch ein europäisches Dekolleté läßt eine gehörige Portion Weiblichkeit sehen, der Minirock sowieso. Doch das ist es ja gar nicht, was den Reiz des Cheongsam ausmacht. Er zeigt – und zeigt wiederum auch nicht. Wenn Kuaihe'ung stand, so bot sie gerade mal den Fußknöchel; doch wenn sie saß, sah man hoch oben, schon in der Leistenbeuge, auf elfenbeinfarbener Haut das grüngesäumte Börtchen ihres Slips und von da an abwärts das ganze lange, schöne Bein. Ein Cheongsam ist ein Instrument zum Flirten, gegen das der Fächer der Spanierinnen nur wie ein Kinderspielzeug wirkt.

Diese Kuaihe'ung, neunzehn Jahre alt, eine von den vier Töchtern einer Kanton-Chinesen-Familie, welche zur Zeit der japanischen Besetzung Chinas in das portugiesische Macao geflüchtet waren, konnte eine unnahbare Grand Dame darstellen – und im Augenblick darauf ein Flittchen. Der Name soll soviel wie ›duftende Zimtblüte‹ bedeuten. Was mich betraf, so hielt ich sie eher für ein Früchtchen.

Es war im ›Macao-Palace‹, dem drei Stockwerke hohen, üppig mit Rot und Gold bemalten schwimmenden

Spielcasino, das in Macaos *Porto Interior* vertäut liegt, an der Rua Visconde Paco de Arcos, dem ehrwürdigen Grand-Hotel gegenüber. Hier gibt es alles, womit sich Geld gewinnen und auch verlieren läßt; Roulette und Baccarat und Black Jack, Poker, Boule, Chemin du Fer – sogar ›Bingo‹ wie in London und diese ›einarmigen‹ Spielautomaten wie in Las Vegas.

Für mich wie für die meisten Fremden am interessantesten sind die chinesischen Glücksspiele, speziell ›Fan Tan‹. Dabei erreicht nämlich das Vertrauen zur Glücksgöttin absolute Spitze: Man macht seinen Einsatz im Oberstock in einen trichterförmigen Auffangkorb hinein – und gespielt wird im Stockwerk darunter, in das der Einsatz durch ein Loch im Fußboden fällt.

Die meisten weißen ›Langnasen‹, die nach Macao kommen – zumeist von Hongkong herüber vermittels Fährschiff oder Tragflügelboot – steigen darum erst einmal auf die Fan-Tan-Balkone, bevor sie selbst ihr Glück versuchen. Und gewisse einheimische Mädchen begreiflicherweise auch.

Zunächst ist's nur eine Chinesin wie tausend andere. Ein bißchen hübscher vielleicht, ein bißchen jünger, ein bißchen raffinierter zurechtgemacht und angezogen. Doch scheint das nur Zufall, denn alles, was sie zu interessieren scheint, ist dieses Fan Tan, zielsicher und konzentriert wirft sie ihre Einsätze.

Mein Blick saugt sich fest, kulturlose ›Langnase‹, die unsereins ist – und die Süße scheint es zu spüren, wird irgendwie nervös, blickt auch irritiert auf, verpatzt glatt den nächsten Einsatz – und das ist natürlich eine einzigartige Gelegenheit, heranzutreten und heuchlerisch von sich zu geben, daß es einem schrecklich leid tue. Sie gewährt mit einem stummen Neigen des hübschen Köpfchens Vergebung, dabei errötend, wie es so lieblich nur ein chinesischer Teenager mit seiner Porzellanhaut fertigbekommt.

Ihre hochangesetzten Brüste sind klein und spitz und anscheinend halterlos unter der schmiegsamen Seide des Cheongsam, Magen und Leib völlig flach, fast konkav, doch unübersehbar markiert sich darunter die Wölbung des Venushügels. Und eben dort, besser gesagt von dieser Höhe an, klafft der Cheongsam und läßt ein schmales nacktes Bein sehen. Sekundenlang nur und gewiß zufällig – doch genügend, damit Erregung in mir aufflammt.

Als ich, wieder aufschauend, ihrem Blick begegne, da werde ich selber rot. Doch sie lächelt: »Ich heißen Kuaihe'ung.«

Mannomann, und jetzt auch noch diese Stimme, zwitschernd und zirpend und klingelnd, da gibt es kein Entrinnen mehr. Selbst wenn ich die Impotenz ärztlich bescheinigt hätte, würde ich den Versuch wagen, von dieser Stimme ins Ohr geflüstert zu bekommen, daß ich ihr Glück gebracht hätte.

Doch Kuaihe'ung ist ein ›anständiges‹ Mädchen; in festen Händen, wie sie es ausdrückt, was, wie man bald lernt da unten, verheiratet heißt. Ihr Job besteht darin, sich als ›Gesellschafterin‹ zu vermieten. Beim Trinken und Essen und Tanzen. Und je nachdem für 50 oder 100 Patacas die Stunde, in deutschem Geld etwa 25 beziehungsweise 50 Mark. Der höhere Preis, so erklärte sie, sei wegen des engen Kontakts.

»Ich auch bloß Mensch, okay? Ich vielleicht erotische Gefühle beim Tanzen. Ich dann denken müssen an fuckfuck. Ich dann müssen ganz schlimm fest beherrschen. Ich also mehr anstrengen, ich darum mehr Geld, okay?«

Es ist chinesische Art, in sexuellen Dingen kein Blatt vor den Mund zu nehmen. Chinas alte Literatur ist ja vor allem darum im Westen unbekannt, weil sie voller gepfefferter Szenen ist, welche bei uns als ›Pornographie‹ gelten. Die dennoch weltberühmt gewordene Novelle ›Chin P'ing Mei‹ (um etwa 1600 entstandene frivole Histörchen um Hsi-Men und seine sechs Frauen) ist sogar von einem Bruder von Kaiser K'ang Hai zeitgenössisch überarbeitet worden – pikanterweise zu der gleichen Zeit, als der Herrscher selbst sie als ›Schmutz und Schund‹ verbot. Eine Stelle, Intimküsse betreffend, lautet in zurückhaltender Übersetzung: »Hsi-men legte sich auf das Bett, zog seine Hose aus, hob seinen Zauberstab und hieß die Frau, ihn in ihren Mund zu stecken, während er selber dem Weine zusprach. ›Saug ihn gut‹, sagte er, ›und du sollst für das Fest ein prächtiges Gewand bekommen‹.«

›Zauberstab‹ ist in China eine heute noch übliche Umschreibung für das Glied des Mannes, ebenso ›Jadeszepter‹, die gebräuchlichste lautet ›Waffe‹. Das Geschlechtsteil der Frau dagegen ist ein ›Lotoskelch‹, eine ›Blüte‹, ein ›purpurnes Tal‹, auch das ›Tor einer Zitadelle‹.

Man merkt schon: *Er* ist der Zauberer, der Aktive, der Eroberer, *sie* diejenige, von der Hingabe, Kapitulation erwartet wird. Die Frau verwöhnen, gar mit Lippen und Zunge, ist nicht Chinesenart. Und daher die Chance für die ansonsten verachtete und verspottete ›Langnase‹, auch einmal eine Eroberung zu machen.

Es war im Freischwimmbad des ›Estoril‹, des wohl elegantesten der Casino-Hotels von Macao, gelegen in einem grünen Park an der Flanke des alten Leuchtturmhügels, wo ich mit einer dieser millionenschweren Hongkong-Chinesinnen bekannt wurde, wie sie an den Wochenenden zu Hunderten in Macao zusammenkommen, um zu spielen und sich zu amüsieren, vor allem aber, um die neueste Garderobe, den neuesten Schmuck, den neuesten Zweitwagen vorzuführen – bekannt wurde ich mit ihr auf eine Art und Weise, wie sie selbst für dortige Verhältnisse einigermaßen überraschend war.

Sie schlenderte heran über den Teppichrasen – hochhackige Goldsandalen, winziger Bikini, radgroßer Sonnenhut – und erkundigte sich bei dem neben mir liegenden Engländer, ob er mich vielleicht kennen würde. Wir hatten einander nie vorher gesehen, und so verneinte der Mann. Doch ob Ja oder Nein, das Nächste war, daß die Chinesin den Gentleman aufforderte, mich ihr doch, bitte, vorzustellen. Dergestalt überrumpelt nannte ich meinen Namen, sie daraufhin den ihrigen – dies dann schon über den Kopf des völlig verdatterten Engländers hinweg, und der war denn auch für sie gestorben, als sie den Liegestuhl auf meiner anderen Seite besetzte.

Sofort nach dem ersten Drink kam sie zur Sache. Ich gefiele ihr, sie würde mich haben wollen, am liebsten gleich – denn der Abend, nicht wahr, sei ja doch voller gesellschaftlicher Verpflichtungen, Partys, Dinners und so weiter.

Ich bin kein Kostverächter, und dies hier war nun nachgerade ein chinesischer Leckerbissen, Marke *Szechuan,* diejenige Chinaküche, die als die schärfste gilt. Eine schöne Frau, schmal, groß und von Rasse. Der Blick ihrer dunklen Mandelaugen war fast kalt, doch das Heben und Senken ihres Busens verriet, daß sie sich nur sehr beherrschte. Ich dachte an Kuaihe'ung und daran, daß sie verheiratet und wohl nie für mich zu haben war, also gab ich ebenso gefaßt und kühl stumme Antwort auf diesen Frageblick, indem ich aufstand, um mich anziehen zu gehen.

Sie hatte ihren Privatwagen in der Hotelgarage abgestellt, einen offenen Mercedes, und nach zwanzig Minuten Fahrt gelangten wir zu einem dieser kleinen chinesischen Landgasthöfe in der Verschwiegenheit der Kiefernwälder oberhalb der romantischen Badebucht von Cheoc-Van, an der Südküste der zu Macao gehörenden Insel Koloan.

Das ebenerdige Zimmer ging zum Wald, der das Licht sanft und cremefarben machte. Die Chinesin stieß die verglasten Flügeltüren auf, und die Tüllgardine begann sich in der Brise zu bauschen. Als ich zu ihr treten, sie an mich ziehen und küssen wollte, wehrte sich mich mit einem energischen Kopfschütteln ab. Sie trug Rock und Bluse, BH und Slip und ließ sich bei keinem Stück beim Ausziehen helfen. Als sie entkleidet war, schritt sie zum Bett und ließ sich rücklings darauf nieder, ohne vorher die Decke zurückzuschlagen.

Eine Frau, wie Männer sie erträumen. Nicht mehr ganz so jung vielleicht, doch mit einer Figur, wie sie bei uns nicht mal ein Teenager zu bieten vermag; denn hätte eine Vierzehnjährige diese knabenhaften Hüften, den flachen Bauch, dann eben auch nur erst Knospen statt Brüsten, und hätte sie schon einen richtigen Busen, dann wäre wiederum das Knabenhafte von Bauch und Hüften bereits flöten gegangen.

Diese Brüste hier hatten ihre Vollkommenheit auch bei der Liegenden beibehalten und erhoben sich auf der Basis des Brustkorbs rund wie die Kuppeln von Pagoden. Was den Schoß betraf, so war er nur spärlich behaart; ein paar Locken langen, pechschwarzen Haares einzig auf dem Venushügel. Der Schamspalt darunter wie eine zarte Bleistiftkontur auf glatter, zimtfarbener Haut. Mein ganzes Sinnen und Trachten war, aus meinen Sachen zu kommen.

Doch sie wollte nicht, daß ich mich auszog. »No! – Please.«

Ich begriff nicht. Was sollte das Ganze? Mein Glied war so steif, daß die Hose mir Schmerzen bereitete. Wenn diese Frau nur halbwegs normal war, dann mußte sie von keinem anderen Wunsch erfüllt sein, als sich mit mir zu vereinigen.

»Wie heißt du überhaupt?« fragte ich, um das Schweigen zwischen uns nicht zur unüberbrückbaren Kluft werden zu lassen.

Statt einer Antwort kam eine kühle Gegenfrage: »Ich dir gefallen?«

»Und wie!«

Das Hemd war aus der Hose, der Reißverschluß endlich unten. Doch mit einem fast wütenden Kopfschütteln hieß sie mich innehalten.

»Du lieben mich?«

»Ich dich...«

Endlich hatte ich kapiert. Sie wollte *Wu Hu*. Sie wollte, daß ich sie zwischen den Schenkeln mit dem Mund liebkoste. Und sie wollte nur dies und nichts anderes. Und daß der Mann, der es bei ihr tat, weiß war, eine westliche ›Langnase‹, und vollständig angezogen sogar, noch in Schuhen, mochte das Optimum des wollüstigen Reizes für sie darstellen.

Es kostete mich keine Überwindung, mich über sie zu beugen. Ihr Schoß war kühl und schön und auf eine fremdartige Weise aufregend; ich begann zu begreifen, warum die Chinesen vom Lustzentrum der Frau als vom ›Tor der Zitadelle‹ sprechen, welche berannt, besiegt, erobert werden will. Nun gut, meine ›Waffen‹ würden Lippen, Zähne, Zunge sein – doch sie würden den Sieg davontragen über all diese Marmorkühle. War die erste Schlacht gewonnen, dann würde ich mir das Ganze unterwerfen...

Es war ein Irrtum, ich muß es gestehen. Schon immer habe ich meine Zweifel gehabt, wenn weiße Männer von Asiatinnen schwärmten, ob Wohlgefallen und Zufriedenheit denn auch wechselseitig gewesen waren. Was diese statuenschöne Chinesin anbelangte, so bin ich mir durchaus nicht sicher, ob sie mich nicht schon anderntags wieder vergessen hat, obschon es so aussah, als ob sie glücklich wäre. Chinas Lächeln, auch im Schlafzimmer, ist unergründlich.

Klipp und klar, es war kein Triumph. Nur die ›Zitadelle‹ ergab sich, nicht aber auch ihr Gebieter. Weshalb ich vermieden habe, mich wieder an den Swimmingpool zu legen. Ich fühlte mich überfordert. Denn was konnte nicht alles geschehen? Vielleicht daß meine Geliebte sich jemand Neuen einfing, vor meinen Augen; vielleicht daß sie mich – womöglich in einem Liegestuhl direkt neben mir – übersah, so vollständig, wie nur ein Asiate einen Mitmenschen übersehen kann.

Lieber machte ich einen Ausflug, Macao ist ja wunderschön. Die alten Forts, der behäbige Leuchtturm – der erste an der gesamten Chinaküste –, die Prachtstraße Grande Rua de Praya mit ihren mächtigen Bayanbäumen, die Dschunken-Bay umarmend, dann die Basilika des Heiligen Paulus, von der – einzig auf der Erde – nur noch die säulengeschmückte Fassade sich erhebt – auch das Grenztor nach Rot-China.

Das Ganze ist an einem Tag zu schaffen. Mädchen wie Kuaihe'ung nehmen fürs Führen eine Pauschale von 200 Mark, Taxifahrten inbegriffen.

Ich hatte sie nicht vergessen. So faszinierend die Begegnung mit meiner schönen, namenlosen Hongkong-Millionärin auch gewesen war, das grüngesäumte Börtchen eines weißen Slips ganz oben an ihrem nackten, blassen Bein ging mir nicht aus dem Sinn.

An meinem letzten Abend bat ich sie scheinheilig, mir doch die Badebucht von Cheoc Van an der Südküste der Koloan-Insel zu zeigen und dann, nachdem wir die bewußte Seitenstraße erreicht hatten, abzubiegen in den Kiefernwald und zu dem bewußten einsamen Gasthaus.

»Ich sein anständiges Mädchen! Du wissen!«

Die Stimme war zornig. Die Miene war ernst. Der Blick strafend.

»Ich liebe dich«, sagte ich nur.

Kuaihe'ung sah mich an. Hatte sie verstanden, daß ich Bescheid wußte über die tiefere Bedeutung dieser Worte? Was sie sagte, war: »Du mich nicht lieben brauchen. Du machen mit mir gut und lange fuck-fuck, auch okay.«

Diesmal war das Börtchen ein rotgesäumtes.

Tiare

Es stürmte schon den dritten Tag. Ein frischer Nordwest, der den Beifußduft der Heide hinter dem Deich mit dem Jodgeruch des Meeres überdeckte, welches in donnernden Brechern anbrandete, Sturzbäche von rasselndem Regen gegen die Fensterscheiben warf und die Geranien davor, die noch mit üppigem Rot prangten, erbarmungslos zerrupfte.

Der Sommer war vorbei, der Herbst im Anzug, und es war wie immer auf Hooksum, wenn im Wechsel der Jahreszeiten die nordatlantischen Sturmtiefs das Wetter bestimmten.

Nein, es war nicht wie immer, dachte Uwe Streb, von dem Tisch, an dem er arbeitete, die Silhouette der Frau vorm Fenster mit dem Blick umfangend. Früher war es seine Mutter gewesen, die dort so gestanden hatte, das Dahingehen der Geranien bedauernd, die von ihr mit viel Zuwendung und Geduld aus Jungtrieben gezogen und über den Winter gebracht worden waren, und die war nun tot, seit letzten Herbst, und eine andere stand da, anders in jeder Beziehung, von der er nicht einmal ahnte, was ihre Gedanken bewegte, jedenfalls bestimmt nicht die Geranien.

Er war ein blonder Mann Ende Zwanzig, breitschultrig, groß und kräftig, und eben dies trat ihm ins Bewußtsein angesichts der Frauengestalt im grauen Zwielicht, die auch darin ganz anders war, und nicht nur im Gegensatz zu ihm, sondern auch zu der, welche früher dort gestanden hatte, und überhaupt zu den Frauen der Insel

– wie eine exotische Orchidee; eine barbarischerweise in ein Bierglas gestellte.

Das Haar, starkes, tiefschwarzes, fiel ungebändigt tief über den Rücken, die Körperhaltung, weit weg von jeder Pose, war von solcher Anmut, daß sie sich selbst gegen Pullover, Bluejeans und Filzstiefel zu behaupten vermochte, und wie immer wieder bei diesem Anblick hatte Uwe Streb den Eindruck, einen feinen Duft nach Kokos wahrzunehmen, fern von Seifengeruch und überhaupt nichts zu tun habend mit irgendwelchen Körperpflegemitteln oder Parfüms, sondern eben die Eigenheit, der Wohlgeruch dieser Orchidee.

Die ›Swatte‹ sagten sie hier zu ihr, wie zu einer Negerin. Dabei war sie gar nicht schwarz, nicht einmal braun oder jedenfalls nur wie eine Mittelmeerbewohnerin, die viel der Sonne ausgesetzt ist, und wäre er nicht Uwe Streb, würden sie vermutlich noch ganz anderes gesagt haben. Doch die Strebs stellten etwas dar auf Hooksum seit den Tagen des ›glücklichen Johann‹, der vor zweihundert Jahren 330 Wale harpuniert, dies Haus gebaut, und weil Holz knapp war, jene Walkinnladen und Walrippen in den Boden gerammt hatte, die heut noch den Vorgarten umfriedeten.

Uwe Streb legte den Echolot-Schreiber des Streb-Kutters *Elise* aus der Hand, dessen Papierrolle und Schreibstift er erneuert hatte: »Tiare . . .?«

Die Angerufene reagierte nicht, schien mit den Gedanken weit entfernt, vielleicht bis auf der anderen Seite des Erdballs, daheim, wo immer Sommer war.

Er erhob sich von seinem Stuhl an dem einfachen Holztisch, auf dem nicht nur die Einzelteile des zerlegten Echolot-Schreibers ausgebreitet waren, sondern auch das Stövchen mit der Teekanne standen, die Schale mit braunem Klüntjes und füllige, englisch blau bemalte Porzellantassen.

»Tiare? Was ist mit dir? Hast du Angst?« Er nahm sie in

den Arm. »Das Meer kommt nicht über den Deich. Es ist noch nie über den Deich gekommen. Es zwickt vielleicht hier und da ein Stück vom Vorland ab, vor allem draußen am Westhörn, aber den Deich packt es nicht.«

»Es ist geliehenes Land...«

»Was?«

»Hooksum. Dies alles hier.« Ihr Deutsch war einwandfrei, doch der Akzent des Französischen unverkennbar, das man in Tahiti in den Schulen lehrte. »Inseln sind vom Meer geliehen, weißt du das nicht? Und nicht etwa zwingt sich das Land dem Meer auf – sondern das Meer ist der Stärkere. Wenn es nicht über den Deich steigt, dann darum, weil es nicht will. Wenn es wollte, wäre euer schöner Deich nicht mehr wert als im Gemüsegarten das Tomatenbeet.«

»Und daran hast du gedacht?«

»Ich habe gedacht: Wie mächtig das Meer ist, wie ehrfurchtgebietend groß und mächtig – und wie wenig es doch mit dieser Macht anfängt. Ganz anders als ein Mensch.«

»Und du hattest bestimmt keine Angst?«

»Vor einem Freund? Ts! Wir kennen uns doch.«

Uwe Streb legte auch noch seinen anderen Arm um sie und von hinten das Kinn auf das duftige Polster ihres Haares, und während er so mit ihr aus dem Fenster blickte, gegen das der Regen wie ein Wasserfall klatschte, dachte er, daß es erstaunliche, hier von niemandem sonst zu hörende Dinge seien, die sie von sich gab, und daß sie gewiß nicht log, wenn sie behauptete, keine Angst zu haben.

Sie konnte gar nicht lügen; denn sie wußte nicht, was Angst war.

Es war reiner Zufall, daß er nach Tahiti kam – für jemanden, der an so etwas wie Zufall glaubte; denn für ihn, Uwe Streb, war es Schicksal, höhere Fügung, und er hätte nicht Seemann, Friese, Hooksumer sein müssen, um es anders zu sehen.

Als er im März mit der *M. S. Titania* auslief, Zweiter Offizier wie auch schon auf den vorangegangenen drei Fahrten, da hatte er noch nichts davon geahnt. Die übliche Südamerika-Reise. 4830 Seemeilen Hamburg–Panama mit Zwischenstopps in Southhampton und Santo Domingo und jenseits des Kanals von Hafen zu Hafen die Küste runter – Guayaquil, Callao, Antofagasta, Valparaiso mit Seetörns zwischen 940 und 576 Meilen.

Und dort passierte es.

Sie hatten gelöscht, Straßen- und Hochbaumaschinen, Siemens-Kabel und Mercedes-Autobusse, und er, als Zwoter der dafür Zuständige, hatte kaum die Zeit für einen raschen Happen gefunden, zumal auch noch der Motor der Winde des Ladegeschirrs am Fockmast streikte. Er saß schon mit Rechner-Computer und Millimeterpapier bereit, um den Stauplan für die Rückfracht auszutüfteln, doch wer nicht kam, das war der Makler, und als er endlich doch kam, zusammen mit dem Käpt'n, da zeigte er ein bedripstes Gesicht. Es gab nichts zu laden. Würde vielleicht nie mehr was zu laden geben für die *M. S. Titania*. Die Reederei hatte Pleite gemacht.

In seiner Wut hatte er sich nach Viña del Mar aufgemacht, Valparaisos mit ihr verwachsener Nachbarstadt, um im Casino auch noch das letzte Geld zu riskieren. Entweder er käme als Tramp heim oder als reicher Mann. War's Glück? War es eben dies Schicksal, das ihn ein Stück weiter schubsen wollte? Er gewann, umgerechnet 12000 Dollar, über 20000 Mark.

Als er auf Santiagos Flughafen ankam, war es viel zu früh. Die Lufthansa-Maschine nach Deutschland startete um 14.50 Uhr, und jetzt war es gerade erst zehn. Um 11.20 Uhr ging ein Flugzeug der LAN-Chile zu den Osterinseln und weiter nach Tahiti. Wenn du schon um die halbe Welt fliegst, sagte er sich, kannst du es anstatt rechts herum ebensogut auch links herum tun, und wann kommt einer schon mal nach Tahiti.

Planmäßig um halb sieben landete der Jet, in Richtung auf Tahitis Schwesterninsel Moorea aufsetzend, niederträchtigerweise zu derselben Zeit, als hinter dieser in einer theatralischen Inszenierung goldrot die Sonne unterging. Uwe Streb mußte schlucken angesichts von soviel Schönheit und war, noch bevor er ausstieg, der Südsee verfallen. Das also war's, was das Schicksal mit ihm vorgehabt hatte und wofür er von ihm mit zwanzigtausend Mark ausgestattet worden war. Bei Gott, er würde seine Chance nutzen.

Es gab Lufttaxis nach Moorea und Fährboote, doch er wollte sich die Insel, deren Bild sich ihm magisch eingebrannt hatte, auf eigene Faust erobern, und so charterte er eine kleine Jacht, um, nach zwei Tagen des Vertrautmachens, loszusegeln, als wieder die Sonne sank. Rund acht Seemeilen nur. Ein Katzensprung. Leicht zu schaffen.

Denkste! Von Tahitis Zweitausendern gestoppt, fand der Ostpassat keinen Zugang zu der Meerenge, und was dort an Winden herrschte, waren unberechenbare Verwirbelungen aus den Talflanken. Ähnlich die Meeresströmung; sie setzte sich zwar durch, doch nur bis kurz vor Moorea, um sich dort mit einem entgegenlaufenden Schwall zu kabbeln, so daß sich meterhohe Brecher aufwarfen, nicht anders als zu Hause vor der Hooksum-Bank, die darum auch immer wieder zum nassen Grab wurde.

Die Sonne sank, sank schnell wie immer in tropischen Breiten, und Uwe Streb, ohne Wind im Segel, ohne Druck auf dem Ruder, kämpfte einen aussichtslosen Kampf mit schmiedehammerschweren Dwarsseen. Als die Nacht kam, war das Boot Gefangener eines Strudels, in dem es kreiselte und kreiselte wie die Kugel im Kessel eines Roulettes. Ein Notsignal abzubrennen verbot ihm sein starrköpfiges Naturell – kein Streb hatte je derlei getan, und was den ›glücklichen Johann‹ anging, so war er selbst noch mit einem Holzbein auf Walfang gefahren.

Gegen zehn waren eingeborene Fischer zu hören, eine Stunde später, als der Mond heraus war, auch zu sehen, und eines der mit Außenbordmotoren betriebenen Kanus näherte sich, mit zwei Personen besetzt, von denen eine, wie sich zeigte, eine Frau war oder besser ein Mädchen, ein junges, schönes Mädchen – und ein total verrücktes. Denn als Würfe mit Leinen sowohl nach hüben wie nach drüben zu kurz im Wasser endeten, sprang es über Bord und kam herüber geschwommen, das verdammte Ding zwischen den Zähnen.

Kurz nach Mitternacht war er an Land und im Trockenen, umgeben von vier Wänden – aus für die Insulanerbehausungen typischen Preßspanplatten –, umgeben von einem bunten *pareu,* umgeben von Speisen und Getränken sowie der gesamten Gastgebersippe, einschließlich des nuckelnden Säuglings.

»*Manuia!* Zum Wohl!«

Das Mädchen – mit lang fallendem, herrlichem pechschwarzem Haar, schwellendem Mund und großen, dunklen, feuchten Augen – war wirklich schön, noch schöner als es furchtlos war.

Uwe Streb zeigte auf sich: »*Moi s'appele Uwe...*«

»Ich: Tiare.«

Was für ein Name! Tiare. Ti-a-re. Blume. *Tiare tahiti* war die nur hier wachsende weißblühende, hocharomatische Gardenienart. ›Tiare...‹

Umgekehrt wollte es nicht so klappen. ›Uwe‹ erwies sich als für eine Tahitianerzunge unaussprechbar. So nannten sie ihn ›*Au'e*‹, nichts anderes als *Oh!*

Als Au'e blieb er sechs Wochen bei den Scotts, die ihren Namen von irgendeinem weißhäutigen Vorfahren hatten, der wie der seinige Harpunier gewesen war, mit ihnen die Arbeit teilend und Essen und Trinken, ohne je dafür zu zahlen, ohne auch nur nach Bezahlung gefragt zu werden. Und mit der schönen Tiare teilte er das Nachtlager. Für seine zwanzigtausend Mark hätte er zeitlebens bleiben können.

Er fuhr mit hinaus, mit Tiare oder ihrem Vater, meist mit Teko Scott, dem ältesten Bruder, als dessen zweiter Mann. Er lernte die Angel auswerfen – und welcher Köder für welchen Fisch der richtige war –, lernte Barsch und Seehecht mit dem Unterwassergewehr schießen und in den Grotten und Höhlen des Korallenriffs nach Langusten tauchen.

Er lernte, wie man aus rohem Fisch – nur mit einer Mischung aus Seewasser und Limonensaft mariniert – unter Hinzufügung von Muscheln und Meerschnecken köstlichen Salat bereitete, auch wie man Taro und Yam zieht, das traditionelle Wurzelgemüse der Südsee, die Knolle der letzteren bis von der Größe eines Kindes und zuweilen bitter, weshalb sie sorgfältig gewässert sein wollte. Er lernte auf dreißig Meter hohe Kokospalmen klettern, Hand über Hand und Fuß über Fuß, ganz wie ein Eingeborener, und schließlich sah er auch aus wie ein solcher, braun und muskelbepackt, nur eben blond, nun fast weiß gebleicht, weswegen er einen zweiten, sozusagen offiziellen Namen erhielt, *Maoh i uouo,* soviel wie der ›blonde Unsrige‹, *Au'e* nurmehr nur für die Scotts, süß geraunt in den zärtlichen Nächten mit Tiare.

Eine Geliebte wie sie hatte er noch nie erlebt. Schon ihre Natürlichkeit und Unbefangenheit, die federnde Geschmeidigkeit des Körpers machten sie unvergleichlich. Was sie einzig machte, war jedoch ihre innere Einstellung zum Sex. Er bedeutete für sie Spaß, ein Vergnügen oder, um ganz genau zu sein, ein Amüsement; und zu dem gehörten zwei, und dergestalt, daß der eine den andern erstens seiner eigenen Lust teilhaftig werden ließ und ihm zweitens dazu verhalf, selber soviel Lust wie nur möglich zu empfinden. Darum ließ sie sich auch nie völlig gehen, in einem fort plappernd, entweder indem sie die Qualität der eigenen Gefühle konstatierte: »So ist's gut; so ist's schön; o ja, wunderbar; jaaah...«, oder die des Partners zu verbessern suchte: »Schön so? Oder besser so?«

Streb war davon ausgegangen, daß das viele Nacktgehen, das Schwimmen und Tauchen, das Hocken auf dem Boden eine Insulanerin desensibilisiere, doch das war ein Irrtum. Die Brustspitzen waren sensibel, das weiche, feine Fleisch war es, und es brauchte auch keineswegs länger als bei den Frauen zu Hause, damit sie reizempfänglich wurde. Und von jenem Moment an zeigte sich der eigentliche Unterschied.

Tiare hielt nicht viel von einem Vorspiel. Denn nicht bloß hätten Finger oder gar Mund, Lippen, Zunge nichts zu suchen, wo der Mann selber hingehörte, sondern auch schmälerte ein Prolog nur den wahren Genuß – wie Vorspeisen den des Hauptgerichts. Die zwei Partner gehörten ineinandergesteckt, und dann und so gälte es, sich zu beweisen.

Streb hatte sich von irgendwem erzählen lassen, daß diese Tahitianerinnen ›kindlich‹ seien, und irgendwie traf es auch zu, doch anders, als es vom Erzähler gemeint gewesen war – Tiare vertiefte sich in das, was sie trieb, mit dem ganzen Ernst eines spielenden Kindes.

Und ernst und zugleich spielerisch ließ sie Streb neue Erkenntnisse über seine körperlichen Funktionen gewinnen. Schon beim zweiten-, drittenmal, wo sie zusammen schliefen, auf Bastmatten in einer Ecke des nur aus einem einzigen Raum bestehenden Hauses, die über Leinen gehängte bunte *pareus* als privat deklarierten, aber nicht einmal eine Illusion davon zuließen, und Tiare wisperte – oder wisperte auch nicht, als sie leidenschaftlich wurde – ihr plapperndes Frage- und Antwortspiel, da wollte er seinen Erguß zum Anlaß nehmen, zunächst innezuhalten, dann sich zurückzuziehen, doch verwehrte sie es ihm: »Nein! Nicht doch! Was soll das? Du bist doch nicht etwa schon müde? Bis zum Aufstehen ist noch lange Zeit.«

»Aber ich...«

»Ich auch! Und sogar mehrmals. Aber das ist doch kein Grund, auseinanderzugehen!«

»Ich kann jetzt nicht.«

»Weiß ich. Aber was du tun mußt, ist ja nur, zu bleiben, wo du bist.«

Streb dachte natürlich an gewisse Muskeln; er hatte Erfahrung mit derlei Kunstfertigkeiten, aber durch Frauen von ganz anderer Art, und irgendwie fühlte er Mißbehagen, doch spürte er sich lediglich umschlungen, ja gewiegt von Tiares Armen, von ihren in seinem Rücken gekreuzten Beinen, ihrer warmen Scham, ohne jeden Druck, ohne jede Bedrängnis. Mit dem Effekt, daß er nicht schmolz, sondern blieb, ungeheuer stolz auf sich, als er zu seiner eigenen Überraschung weiterzumachen vermochte, und so dann auch noch ein zweitesmal, und wenn er gewollt hätte, wieder und wieder, wie sich noch öfters zeigen sollte; nicht minder stolz auch Tiare, stolz auf ihn. Er konnte fischen, er konnte klettern wie ein Eingeborener – und er konnte lieben wie einer, *Maohi uouo,* der ›blonde Unsrige‹.

Als er sich dazu durchrang, heimzukehren, war es nur, weil sein alter Herr es mit Machtwort verfügte. Denn da sei diese Sache mit Meike Lübbers. Ein Streb lasse ein Mädel nicht einfach sitzen. Und wenn er ein Verlöbnis zu lösen beabsichtige, dann auf keinen Fall brieflich.

Tiare wollte tapfer sein, und ihr Mund lächelte (mit Lachfalten, die sie wie Stahlklammern um die Mundwinkel spannten), doch aus den Augen rannen Tränen und flossen und strömten, als er das Segel hißte.

»Ich komme wieder. Ich verspreche es dir – ich komm' wieder. Hier, schau, ich schwöre es. *Fafau!*«

»Nein. Du kommst nicht. Nie kommt jemand wieder, allen Schwüren zum Trotz. Versündige dich nicht.«

»Aber ich komme. Bestimmt, ganz bestimmt. Tiare – bleib! Nicht ins Wasser, nicht mitschwimmen! Nicht doch. Tiare . . .!«

Sie blieb zurück, klar, das Fahrt aufnehmende Boot war viel schneller, doch sie folgte, und sie würde nicht aufgegeben haben, selbst wenn sie bis Tahiti drüben hätte schwimmen müssen, und vielleicht würde sie sogar noch weiter schwimmen, nordostwärts, der Wanderung des Goldregenpfeifers folgend, dorthin, wo er ihr erzählt hatte, *Purutia,* Deutschland, lag.

Es blieb ihm nichts weiter übrig, als sie aufzunehmen.

Als sie zwei Tage später in der Freitag-Maschine nach Paris saßen – Tiare an ihn geschmiegt, erwartungsvoll und munter, als ob so eine halbe Erdumrundung gar nichts wäre, entzückend anzusehen im knappsitzenden, roséfarbenen Seidenkostüm der Tahiti-Chinesinnen und einem roséfarbenen Seidenhütchen, rund wie eine Pralinenschachtel, da fing sie, während die DC 10 holpernd zum Start rollte, plötzlich zu kichern an.

»Was gibt's? Was hast du?«

»Nichts.« Sie brachte mit Schwung ihre Füße auf den Sitz. »Im wahrsten Sinne des Wortes – nichts. Wir haben nämlich vergessen, Schuhe für mich zu kaufen.«

Sie standen wartend an der Pier. Und wirkte das Gesicht seines Vaters steinern – mit der Adlernase, dem vorspringenden Kinn gleichsam wie ein Felsengebirge –, so das von Meike Lübbers, die ihre Emotionen nicht zu bezähmen vermochte, wie ein gewitterverhängter Horizont, in dem es wetterleuchtete, das von Henk Paulsen aber wie das Unwetter selbst; und für ihn vor allem hatte Uwe Streb Verständnis, war er doch sein bester Kumpel, der Mann, der auf seines Vaters *Elise* als Maschinist fuhr, der Konkurrent um Meikes Gunst von Schulzeiten her und Gegner so manchen Boxkampfs, bis er aus freien Stücken zurücktrat, um der alten Freundschaft willen.

Uwe Streb war froh, daß schlagartig mit dem Anlegen des Schiffes das Getümmel der ans Ziel gelangten Urlauber losbrach, denn alles, was er sich an erklärenden Worten zurechtgelegt hatte, erschien ihm plötzlich falsch, unecht und unredlich, und was sollte es auch noch viel zu reden geben, wo doch der Augenschein alles besagte. Er hatte eine andere, sie hing an seinem Arm, und eben der Anblick der weizenblonden, stattlich schönen Meike ließ es ihm mit heiß aufwallendem Herzblut bewußt werden: So wie er einst jene geliebt hatte, liebte er jetzt diese.

Statt wie vorgehabt abzuwarten, ließ er sich von der Menge mitreißen, gelangte auch tatsächlich an den drei Wartenden vorbei weit auf den von den Möwen, die die Fahrt begleitet hatten, kreischend umflatterten Molendamm und war, als sie herankamen, als Cicerone beschäftigt, den Weg zu den Hotels ›Dünenpalast‹ und ›Seestern‹ zu weisen, zwar erleichtert doch wohl wissend, daß auch dies keine Lösung war. Er würde nicht ewig wegrennen können. Er würde sich stellen, würde stehen müssen zu seiner Tat und seiner Liebe, zu dem braunen, begafften Mädchen an seinem Arm.

Sie, Tiare, war es, die ihn wegzog: »Komm, laß uns sie begrüßen.« Und so sanft ihre Stimme war, so unerbittlich der Zugriff ihrer Hand.

»Woher weißt du, wer...«

»Du hast sie mir geschildert – deinen Vater, deinen Freund, deine hiesige *vahine.* Du hast die letzten drei Stunden von nichts anderem mehr gesprochen.«

»Warte! Bleib! Ich muß dir erklären...«

»Nicht nötig! Ich habe doch Augen. Ich kann sehen, daß sie nicht mögen, wessen sie ansichtig werden. Und ich kann sie verstehen. Ich würde es an ihrer Stelle auch nicht mögen. Niemand mag, wenn man ihm fortnimmt, wovon er glaubt, daß es sein Besitz ist.«

Und sich den Herankommenden zuwendend, sprach sie sie von sich aus an, Meike Lübbers zuerst und auf Insulanerart, indem sie sie links und rechts auf die Wangen küßte und die tahitianische Begrüßungsformel gebrauchte: *»Ia-ora-na.«*

Meike Lübbers stand steif und so auch sein Vater, Henk Paulsen aber wie ein Klotz, ohne jedoch seine Hand beherrschen zu können, mit der er sich nun tastend übers geküßte Gesicht fuhr, während er in breitestem Platt brummte: »Wat het sei seggt?«

»›Hallo, wie geht's?‹ Das ist Tahitianisch.«

»Spricht sie nichts anderes?«

»Französisch. Auch ziemlich gut englisch. Hätt'st du lieber, wenn sie französisch mit dir snackt?«

Henk Paulsen funkelte ihn an, und in dem sich rasch vertiefenden Schweigen mußte Uwe Streb bei sich denken, längst nicht der Tahitianer zu sein, für den er sich selbst überzogenerweise gehalten hatte. Er konnte fischen wie einer, konnte tauchen und klettern und eine Insulanerin glücklich machen wie einer. Nicht aber konnte er denken wie ein Tahitianer. Denn Tiare hatte sich ja doch etwas gedacht dabei, als sie seine Leute auf ihre Art begrüßte. Aber was?

Seine Augen wanderten zu Meike Lübbers. Ihre Blicke kreuzten sich, der ihrige voller Schmerz. Vielleicht weil sie fühlte, was auch er zu fühlen begann: daß sie verloren hatte. Denn zu seiner, Uwe Strebs, Liebe war nun auch noch Neugier gekommen.

»Dann ist sie das also?« sagte Henk Paulsen, und in keinem anderen Tonfall, als ob er auf dem Büxtener Viehmarkt von einer Milchkuh spräche.

Noch fünf Minuten zuvor wäre ihm Uwe Streb dafür an die Kehle gefahren. Jetzt nickte er bloß: »Ja, ist sie.«

Denn er fühlte auch noch ein zweites, und es machte

ihn warm: sein Vater mochte Tiare. Er trug ihr den Koffer.

Und in der Stube des schon immer geduckten, im Ablauf der Jahrhunderte so tief eingesunkenen Streb-Hauses, daß man zur grünlackierten Eingangstüre nicht mehr hinauf-, sondern hinabsteigen mußte, die Sandsteinschwelle inzwischen abgenutzt wie ein alter Schleifstein, der Sturz verwittert und mit safrangelben Flechten überzogen, doch die Jahreszahl immer noch lesbar, 1782, in der guten Stube also warteten Tee und Gebäck und porzellanrosa Rosen vom Hagedorn auf der Südseite, und, noch erstaunlicher: die Stube war leer.

»Hast du denn keine Sommergäste?«

Streb senior setzte umständlich seine Pfeife in Brand. »Wie kann ich denn?« Es war eine rhetorische Frage, nach der er fortfuhr: »Ihr werdet doch wohl zusammen schlafen wollen, hm? Und es gibt nur den einen Raum mit zwei Betten außer deiner seligen Mutter ihrer Schlafkammer.«

»Vater...?«

Der alte Mann paffte Rauchwolken gegen die durchgebogenen, schwarzverräucherten Deckenbalken. »Du bist alt genug, zu wissen, was du tust. Wer ein Schiff steuern kann, der kann auch sein Leben steuern. Ich habe nicht gesagt, daß ich deine Entscheidung mißbillige. Ich habe gesagt, daß du kommen und klar Schiff machen sollst. Meike ist jetzt fünfundzwanzig, da muß eine Deern wissen, woran sie ist.«

»Ja, Vater.«

Der alte Streb, mit einem Zwinkern in den blaßgrauen Augen, benutzte das Pfeifenmundstück zum Zeigen: »Ob sie Tee mögen wird?«

»Ihr Name ist Tiare.«

»Was bedeutet er?«

»*Blume.* Keine bestimmte, einfach Blume.«

Der Blick wurde ernst und auch der Tonfall: »Sie wird eingehen hier, zart wie sie ist.«

Uwe Streb lachte: »Du kennst sie nicht. Oder würdest du eine Wildkatze zart nennen?«

Es war Sonntag, der Tag des Herrn, an dem selbst das Netzeflicken zu ruhen hatte, und man war in der Kirche gewesen – Tiare in den Frauen-Bänken, wie es auch bei ihr zu Hause in der Südsee üblich war –, und nun trennten sich ihre Wege, der ihre zum ›Dünenpalast‹ führend, wo sie, eine Meisterin dieses Sports, Surfbretter vermietete und Sandwiches und Eis verkaufte, der seine in den ›Krug‹ des Cornelius Brill.

Die Gemüter hatten sich beruhigt in den verflossenen vier Wochen, auch das seinige, nachdem er sich schließlich dareingegeben hatte, daß man von seinem Mädchen als von der ›Swatten‹ redete, von der Negerin. Sie wollten nun mal nicht kapieren, daß der Südseeinsulaner polynesischer Rasse keineswegs negroiden, sondern ganz eigenen Geblüts ist, verwandt mit dem weißen, denn er bekam Sonnenbrand wie ein Weißer, wurde als Stubenhocker blaß und hatte, als wesentlichster Unterschied zum Neger, auch keine hell abgeschabten Handflächen und Fußsohlen. Er hatte es oft genug gepredigt, zu oft, so da man ihn nun hänselte: »Hei, du Professor – wie war das mit die Niggers? Vertell us doch mal!«

Auch was die Sache mit Meike Lübbers anging, so war sie geklärt. Seit nämlich, an so einem ›Krug‹-Sonntagvormittag, Henk Paulsen mit seinem Bier zu ihm gerückt kam: »Also, wie ist das nu? Krieg' ich sie?«

»*Wenn* du sie kriegst...«

»Das laß mal meine Sorge sein. Prost denn! Ich geb' einen aus.«

Ein Gespräch zwischen Männern. Nichts dran auszusetzen. Und vielleicht war ja über seine eigene Mutter auch mal so gesprochen worden zwischen seinem Alten und Cornelius Brill, der auch ein Auge auf die schmucke Meta, zu ihrer Zeit die Königin der Insel, geworfen haben sollte. Aber nun war er dort unten in der Südsee gewesen, und eines war ganz und gar unvorstellbar: daß eine Tiare sich gefallen ließe, zwischen Kumpanen ausgehandelt zu werden.

Gegen halb zwölf, als er eben dabei war, alten Fahrensmännern zu erzählen, daß der Stauplan für die Verteilung der Schiffsfracht im Laderaum längst nicht mehr nach der Strichliste von ›Dallyman‹ oder ›Supercargo‹ erarbeitet wurde, sondern von einem Computer, und das bei den modernen Containerschiffen sogar ohne jedes Zutun des Ladeoffiziers in einem Büro an Land, und genau in dem Moment, als er zu einem erfrischenden Schluck sein Bier an die Lippen setzte, donnerte ein Flugzeug so tief übers Dach, daß im Regal die Gläser schepperten.

»Scheiß-Tiefflieger! Selbst am heiligen Sonntag müssen die...«

»Nein, nein, das ist der Hubschrauber. Das ist der Rettungshubschrauber vom Festland drüben. Da muß was passiert sein.«

Während sie noch vor die Tür traten – der Hubschrauber nicht mehr zu sehen, doch grummelnd zu hören von jenseits der Dünen am tiefliegenden Strand –, kam schon ein Junge gerannt. Ein Mann, ein Feriengast, einer von diesen Surfern... Die Schienbeine zerschnitten, das eine wie durchgehackt... Von diesen Zäunen da, ihr wißt schon, den kreuz und quer gespannten Drähten, damit die Dünenbepflanzungen nicht zertrampelt werden.

»O Schiet! Immer dasselbe.«

»Sie haben sich gejagt...«

Der Junge sah nur einen an, ihn, Uwe Streb, so daß er gar nicht anders konnte als sich zu erkundigen: »Wer? Wer hat sich gejagt?«

Der Ausdruck in den Augen des Jungen, der zwölf sein mochte, wurde irgendwie lüstern. »Die ›Swatte‹. Sie und der Mann. Sie ihn oder er sie – ich weiß nicht.«

»Was soll das heißen: gejagt?«

»Ich weiß nicht. Die Leute haben's gesagt. Hinterher gewesen eben. Sie hat ganz laut geschrien. Sagen die Leute.«

Uwe Streb spürte das betretene Schweigen wie eine Mauer um sich. Selbst die Männer neben ihm, Henk Paulsen fast auf Tuchfühlung, schienen meilenweit weg und unerreichbar.

Plötzlich wurde eine schrille Stimme laut. Mary Plat, die in der Saison in der »Krug«-Küche aushalf, klein und schief, mit strähnigem, eisgrauem Haar und eisgrauem Flaum über der Oberlippe, eine Spökenkiekerin und gefragte Kartenschlägerin. »Hab' ich es nicht gesagt? Sie bringt nichts Gutes. Ein Teufelsweib! Eine Hexe! Und genauso hab' ich es gestern geträumt: daß sie einen Mann in die Dünen verschleppt hat und er voller Blut zurückbleibt. Er wird sterben, ich weiß es. In diesem Traum von mir war er nachher tot.«

»Ach, halt's Maul! Sterben an 'ner Fleischwunde? Unsereins tät' nicht mal 'n Pflaster drauf.«

»Und wenn er Wundstarrkrampf kriegt, he? Oder eine Blutvergiftung? Es ist Rost am Draht, und manchmal auch Leichengift von einem erhängten Karnickel. Sie ist eine Hexe, ich sag's euch.«

»Selber Hexe. Scher dich an deine Zwiebeln!«

Es war der alte Brill, der Mary Plat in die Parade gefahren war, einzig dem honorablen Käpt'n Streb zuliebe, welcher neben ihm stand, und um dem Ausdruck zu geben, legte er ihm auch noch mit verlogener Freundschaftlichkeit demonstrativ die Hand auf die Schulter.

Uwe Streb, unwillkürlich fröstelnd, fühlte es wie einen Eisklumpen in seinen Magen sacken. Ich habe mir etwas vorgemacht, dachte er. Nichts ist geklärt und erledigt, alles so offen wie am ersten Tag. Den Jungen grob beiseite schiebend, setzte er sich in Bewegung.

In diesem Moment kam Meike Lübbers, der vom

hochfliegenden Rock entblößten Schenkel nicht achtend, mit glühenden Wangen und wehendem Haar auf ihrem Rad an. »Ein Feriengast... Hat sich beide Beine...«

Weiter kam sie nicht. Der Hubschrauber hatte sich in die Lüfte erhoben, kam Höhe gewinnend nicht über die Dünen und rauschte mit ohrenbetäubendem Knattern über ihre Köpfe und die den ›Krug‹ beschattenden Ulmen südwestwärts in Richtung Watt davon.

Aber solange es dauerte, solange sah Meike Lübbers ihren Verflossenen an, und alle konnten sehen, wie: mit einer Mischung aus Triumph, Bedauern und Schadenfreude; und so brauchte sie auch gar nichts mehr zu sagen, weil dieser Blick beredt genug war – die Fremde war schuld, der gute Uwe war an ein Miststück geraten.

Um der alten Freundschaft willen regte sich Henk Paulsen, als es wieder still war: »Wir haben schon gehört. Aber wie hat das denn passieren können?«

»Es war wegen Geld...«

Uwe Streb starrte sie an. Ihm war plötzlich schlecht, er hätte speien können.

»Entweder hat sie welches genommen oder welches bekommen, ich blick' da nicht durch. Jedenfalls macht die Frau – die Frau von dem Mann – ein Heidentheater.«

»Das kann nicht stimmen«, hörte Uwe Streb sich sagen, und als ob er aus zwei Personen bestünde, hörte er sich nicht nur reden, sondern sah sich auch verneinend mit dem Kopf schütteln. »Nein, das glaube ich nicht.«

»Willst du damit sagen, daß ich lüge?«

Stille. Eine Stille wie nach einem Donnerschlag. Selbst die Geräusche aus der Küche, das Insektengesirr und das Meeresrauschen erstarben.

Uwe Streb wußte, was käme, wenn er spräche, und als er zu grinsen begann, war das nicht er, sondern der, der neben ihm stand und sich amüsierte, wie er in sein Verderben rannte, als sein Mund sich zur Antwort formte: »Ja, das ist's, was ich damit sagen will: Du lügst!«

»Hehe!« Was zuerst ein warnendes Grunzen war, wurde sekundenschnell zur zornbebenden Drohung: »Du sprichst von meiner Braut, also reiß dich zusammen.«

»Schöne Braut, auf die du dir was einbilden kannst – einen Menschen, der ihr nichts getan hat, so zu hassen, daß sie ihn verleumdet.«

»Henk!« kreischte Meike Lübbers. »Henk…!« Doch der Ausdruck auf ihrem Gesicht strafte den empörten Tonfall Lügen. Eine Inselbewohnerin, von der Welt draußen unverdorben, hatte sie nicht gelernt, sich zu verstellen, und so brach der Triumph darüber durch, endlich erreicht zu haben, wovon sie träumte: Die zwei Männer würden sich schlagen – um sie! »Henk, wenn du das zuläßt…!«

Es blieb keine Wahl. Als Uwe Streb seinen Vater mit gebeugten Schultern, als wäre er achtzig und nicht erst sechzig, sich abwenden und davongehen sah, wußte er, daß sie beide das gleiche dachten. Daß es durchgestanden werden mußte. Daß es überfällig war. Daß es möglicherweise sogar notwendig war, um die vergiftete Atmosphäre zu reinigen.

Er krempelte seine Hemdsärmel hoch und machte ein paar fahrige Gesten mit dem Handrücken seiner zur Faust geballten Rechten über die Nasenspitze hin. »Wie früher, Henk – du hast den ersten Schlag…«

Die Stimmung zu Hause war über die zu vermutende Erwartung hinaus gedrückt. Etwas Unausgesprochenes schien zwischen Tiare und dem Vater zu schwelen, sichtbar gemacht durch dick unter der Decke hängenden Tabaksqualm.

»Es ging doch um Geld«, sagte der Alte, der immer noch in seiner Sonntagsjoppe steckte.

»Ich glaube es nicht.«

»Du kannst es glauben. Ich habe es aus erster Hand.

Von jemand, der Zeuge war. Und sie gibt es ja auch selber zu. Aber mehr habe ich nicht herauskriegen können. Selbst wenn mein Englisch besser wäre – wir reden aneinander vorbei.«

Er schob dem Sohn einen Zettel zu, der auf dem Tisch lag. Uwe Streb studierte ihn, während Tiare am Ausguß neben dem Küchenherd ein Tuch mit Kaltwasser befeuchtete, um die Abschürfung auf Strebs Stirn zu versorgen. Es war eine Zeichnung, augenscheinlich von Tiares Hand und bestehend aus zwei Teilen: Ein Haus mit einer Palme, daneben ein kleines Viereck und dieses durchgekreuzt; ein zweites Haus und zwar mit Schornstein, wiederum ein Viereck, aber sehr viel größer, und auch wiederum mit Strichen kreuz und quer, die mit solcher Vehemenz gezogen waren, daß es das Papier zerrissen hatte. Das Palmenhaus sollte Tahiti bedeuten, das Schornsteinhaus Deutschland, soviel war klar.

Uwe Streb ergriff die Hand, mit der ihm Tiare die Kühlung auflegte: »Diese Vierecke...«

»*Moni.* D'argent. Geld.«

»Verstehe. Wieviel hat er dir denn geben wollen?«

Sie sagte es nicht, errötend vor Scham und mit feucht werdenden Augen.

»Zehn Mark? Mehr? Zwanzig...? Noch mehr? O Gott!« Er umfing sie und zog sie an seine Brust. »Es tut mir leid. Es tut mir sehr, sehr leid. Aber er hat es bestimmt nicht so gemeint.«

»Dieser Mann hat ihr also einen Fünfziger gegeben. Als Trinkgeld. Weil sie ihm das Surfen beigebracht hat. Weil er sich gefreut hat, daß er das erstemal bei einem Wind wie heute draußen war, ohne ins Wasser zu fallen. Warum macht sie da so ein Theater?« Der alte Mann am Tisch stopfte sich grimmig eine neue Pfeife.

Uwe Streb, Tiares Kopf an seiner Brust streichelnd, seufzte. »Bei ihr zu Hause kennt man Trinkgeld nicht. Hier, schau, Vater: Selbst dieser kleine Schein – sie hat ihn durchgestrichen. Trinkgeld zu nehmen, aber auch zu geben, verstößt gegen die guten Sitten.«

»Ach was!«

Er erklärte es. »Es hängt mit dem Gebrauch des Schenkens zusammen. Wenn dir drüben wer was schenkt, dann erwartet er, daß du dich revanchierst – und manch ein Grünschnabel ist auf diese Art und Weise seine schöne Taucheruhr losgeworden für den Gegenwert von nicht mehr als 'ner hübschen Muschel. Und natürlich auch umgekehrt. Du kannst dir jedermann verpflichten, wenn's dir gelingt, ihm ein ›Geschenk‹ anzudrehen. Und nichts ist verhaßter als unsere arrogante Einladerei. In meiner ersten Zeit war ich noch unwissend genug, Teko, Tiares Bruder, nach dem Fischen beim Chinesen zu 'ner Dose Bier einzuladen – und also hat er mich jedesmal im Gegenzug seinerseits eingeladen. Aber eine Dose Bier kostet drüben acht Mark. Und die hab' ich einem armen Kerl aus der Tasche geluchst, dessen Verdienst praktisch bei Null liegt!«

Streb küßte Tiares Scheitel, erschauernd, als er sich vorstellte, was in ihr vorgegangen sein mußte. »So, und da ist nun dieser nette Mann und schenkt ihr fuffzig Märker – und in dieser Höhe, also, mindestens in dieser Höhe, muß sie sich, so hat sie's gelernt, erkenntlich zeigen. Aber wie? Womit? Sie hat ja doch nichts – außer sich selbst.«

Sein Vater kaute betreten auf dem Pfeifenmundstück, eine steile Unmutsfalte auf der Stirn und mit pulsierenden Adern an den Schläfen.

»Du verstehst jetzt, warum sie den Fünfzig-Mark-Schein schleunigst hat wieder loswerden müssen – an den edlen Spender, der nach ihrem Dafürhalten ihren Körper hat kaufen wollen?«

Sein Vater blickte hoch, doch nicht ihn an, sondern das Mädchen, mit einem Ausdruck, in dem sich Wohlwollen und Respekt mischten. »Dann hast du dich also doch für die Ehre einer Frau geschlagen. Und, bei Gott, sie ist es wert.«

Henk Paulsen fuhr nicht mehr auf der *Elise.* Von Mary Plat war zu hören, daß sie es habe kommen sehen. Es würde noch schlimmer werden. Viel schlimmer. Die ›Swatte‹, diese Hexe, würde noch 'mal jemand umbringen.

Und blieb dabei, obwohl sie mit ihrer düsteren Prophezeiung über den Ausgang des Dünenunfalls blamabel falsch lag. Der Verunglückte genas in angemessener Zeit, nicht mehr zurückbehaltend als zwei waagerechte strichdünne Narben an den Schienbeinen wie von einem Sensenschlag sowie die Erinnerung an eine biestige Verrückte, die ihn mit wedelndem Fünfzig-Mark-Schein durch die Dünen gehetzt hatte. Nicht einmal Regreßansprüche stellte er. Er hätte, gab er der Versicherung zu Protokoll, das Ganze als Spaß aufgefaßt, und wenn Ernst daraus geworden sei, so durch seine eigene Schuld, weil er vor lauter Lachen und Herumalbern nicht aufgepaßt habe, wohin er lief.

Aber die Leute glaubten Mary Plat – weil sie ihr glauben wollten. Tiare war eine Fremde, und Fremde hatten, wie jahrhundertelange Erfahrung lehrte, noch nie etwas Gutes auf die Insel gebracht.

Wenn der Konflikt sich zuspitzte, dann jedoch nicht durch sie, sondern durch Meike Lübbers. Bisher eher häuslich, verwandelte sie sich auf einmal in eine Sonnenanbeterin, die sich, sobald die Filiale der Büxener Kreissparkasse gegenüber von Brills ›Krug‹, wo sie am Kassenschalter bediente, Mittagspause machte, aufs Fahrrad schwang, um zum Weststrand unterhalb des ›Dünenpalasts‹ zu strampeln. Und war ihr Bikini bisher fast züchtig gewesen, eigentlich nur ein Zweiteiler, so trug sie neuerdings einen gewagten Tanga. Von dem ließ sie, obwohl sowieso unangefochtene ›Miß Weststrand‹ und

Zielscheibe der Blicke sowohl von Männern als auch von Frauen, schließlich auch noch wie sonst nur Urlauberinnen das Oberteil weg.

Damit war's endgültig geschafft. Sie stahl Tiare, ebenso hübsch, doch vergleichsweise spillerig – wenn auch herrlich braun, anmutig und exotisch – die Show.

Aber damit nicht genug, fing Meike Lübbers an, die Tahitianerin direkt zu provozieren. Sie holte sich ein Sandwich, nur um lautstark zu reklamieren, daß der Schinkenbelag schon grünfleckig und vergammelt sei; sie bestand darauf, fünf Kugeln Eis in ihre Tüte zu erhalten, obwohl sie damit überladen war, und schimpfte dann, weil sie natürlich, wie zu erwarten, die Hälfte verlor; sie bezahlte mit einem Hunderter und behauptete, mit dem Wechselgeld betrogen worden zu sein.

Tiare, die rasch merkte, was gespielt wurde, erzählte zu Hause davon, doch als Uwe Streb daraufhin nach dem rechten sehen kam, erwies es sich als Fehler. Es war eine raffiniert vorbereitete Falle – und prompt tappte er hinein.

Meike Lübbers geflissentlich übersehend, wollte er unter einem der vor Tiares Bude aufgestellten Sonnenschirmen Platz nehmen, doch sie kam heran, mit langen, schlanken Beinen, schwingenden Hüften, schwingenden Brüsten und einem werbenden Lächeln: »Magst dich nicht zu mir setzen?«

Er brummte etwas, aber sein Kopfschütteln war Nein genug.

»Und wenn ich dich darum bäte? Du tätst mir ehrlich einen Gefallen.«

»Wieso?«

»Ach, die starren mich alle so an. Und dann die Bemerkungen, die manche Kerle fallenlassen, wenn sie vorbeikommen.«

»Dann zieh dir was an.«

»Ich? Warum denn grad' ich? Da gibt es aber noch andere, die es nötiger hätten. Oder magst du nicht, was du siehst?«

Sie stand, Streb saß. Sie stand mit vorgewölbter Hüfte, kokett an den Tisch gelehnt (Koketterie war etwas, was ihr auch der Übelwollendste bisher nicht hätte nachsagen können), und eigentlich hätte er sie zum Setzen auffordern müssen, doch sie sprach sehr laut, unüberhörbar für jeden, der an den Tresen trat, und so stand er lieber seinerseits auf.

Die Unterlage war nur eine von diesen zusammenrollbaren handtuchschmalen Bastmatten, und so wollte er sich daneben in den Sand setzen, doch ließ sie es nicht zu: »Aber nein! Nicht doch! Hier, komm. Das reicht für zwei. Oder hast du Angst, ich beiße?«

Also saßen sie nebeneinander, was ihm peinlich genug war gegenüber Tiare. Doch schon hatte Meike Lübbers eine neue Idee, indem sie ihm den Rücken zuwandte: »Leih mir mal dein Bein als Kopfkissen.« Sie rekelte sich und seufzte wohlig. »A ja, so ist es schön. Wunderbar. Das war's, was mir gefehlt hat. Wenn du mich eincremen würdest...«

Und reichte ihm die Sonnencreme.

Streb hätte sich ohrfeigen können. Wie der letzte Tölpel war er ihr ins Garn gegangen, und jeder, der Augen hatte zu sehen, kriegte es vorgeführt durch die tölpelhafte Art, in der er die ihm hingehaltene Cremedose zu ignorieren suchte.

»Na, was ist?« fragte Meike zu allem Überfluß, mit einer Stimme, als wisse sie wirklich nicht Bescheid, und legte den Kopf in den Nacken, als ob sie in sein Gesicht blicken wolle, in Wahrheit aber, um ihre Brüste sich emporwölben zu lassen. Und deren Warzen, mit handtellergroßen, teerosenfarbenen weichen Höfen, fingen nun an, sich zu verformen und zu verfärben, um binnen Sekunden die Gestalt von dicken braunen Pilzen anzunehmen.

»Komm!«

Es war eine Erlösung, aufstehen und die Szene beenden zu können, auch wenn es um den Preis war, ihr folgen zu müssen, nicht erst pro forma am Strand entlang, sondern stracks in die Dünen, wo es eine bestimmte im Strandhafer versteckte Kuhle gab – eine lange nicht mehr benutzte, doch nie zu vergessende. Und es war ihm egal, wie das Bild wirken mochte, welches sie abgaben, er im Gefolge der zielstrebig ausschreitenden Frau, und wenn er überhaupt etwas dachte, dann das, daß er die Chance wahrzunehmen habe, ihr zu zeigen, daß er der Tölpel nicht war, als den sie ihn hingestellt hatte.

Als sie da waren, blieb sie stehen. Sie wandte sich nicht um, hob nur leicht die Arme. »Zieh mich aus.«

Auch das war anders. Streb hatte solchen Ton noch nie von ihr gehört. Es war der Umstand, daß er eine andere, neue, fremde Meike Lübbers vor sich hatte, was ihn erregt machte. Seine Hände zitterten, als er ihr den Tanga von den Hüften schälte.

Ihre Gesäßmuskeln zogen sich zusammen, daß sich Gänsehaut bildete. Ihr Tonfall war nicht mehr befehlend, sondern erwartungsvoll-drängend. »Fang an! Mach was! Zeig mir, was du kannst!«

Es war klar, was sie wünschte, und Streb zögerte, so wenig wie er je gezögert hatte. Doch im Niederknien hielt er inne, weil ihm aufging, was hinter der Erwartung steckte, nämlich etwas ganz anderes als Begierde. Meike Lübbers glaubte, daß die Insulanerin ein Geheimnis kenne – ›Liebeszauber der Südsee‹ –, vielleicht auch durch eine Mary Plat darauf gebracht; und hinter dieses Geheimnis wollte sie kommen, um den Zauber zu brechen.

Ihr Busch war noch blonder als ihr Kopfhaar, fast weiß, was der Scham etwas Dralles, aber auch Mädchenhaftes, Verletzliches, Keusches verlieh; jedenfalls hatte es Uwe Streb immer so empfunden.

Als Meike Lübbers die Schenkel spreizte, als Wonne sie packte und schüttelte, mußte er an sich halten, sie nicht auszulachen: Genau dies sei, was die andere ablehne, und wenn es ein Geheimnis gebe, so gewiß nicht zwischen ihren Beinen.

Meike Lübbers legte sich für ihn hin, er hatte es gut gemacht. Als er in sie eindrang, mußte er denken, daß sie ja doch Henk Paulsen gehörte und daß sie, wenn sie jetzt ihm gehörte, eigentlich jedem gehörte; und daß er sich nie Gedanken gemacht hatte, ob sie auch treu sei, wozu es möglicherweise sehr wohl Grund gegeben hätte; und daß er in Bezug auf Tiare derlei nie denken würde, weil ihre Art Treue eine ganz andere war und zum Beispiel darin bestand, ein korrumpierend hohes Trinkgeld loswerden zu wollen.

Von da an tat ihm Meike Lübbers nur noch leid. Er meinte aber nicht mehr, es ihr zeigen zu müssen. Sie war eine Frau für jeden, und jetzt war zufällig er an der Reihe, und sie war sauber und heiß und sollte ihn nicht umsonst erregt haben. Daß er verfuhr, wie Tiare es ihm beigebracht hatte, lag nicht in seiner Absicht, sondern war Gewohnheit. So kam sie, und er machte weiter, und sie kam erneut, und wenn ihr die Tränen liefen, so unter dem Ansturm der zuvor nie erlebten übergroßen Lust, aber dann auch darum, weil sie erkannte, daß es das Geheimnis, hinter dem sie her war nicht gab.

Es wurde spät, zu spät, bis sie endlich wieder zu sich fand; schon vor einer Stunde hätte sie zurückmüssen, um 13.45 Uhr wie an jedem Arbeitstag, was schon sehr bald eine Rolle spielen sollte.

Uwe Streb blieb. Dort in der Kuhle und nackt, sich wundernd, daß er keinerlei Schuldgefühle spürte. Er hatte eine Frau gehabt, die gut war, besser, als er es in Erinnerung hatte, doch unvergleichlich mit der, die einzig war.

Tiare grinste nur, hatte ihn und Meike Lübbers zu

zweit davongehen, diese allein und zerzaust zurückkommen sehen und wußte Bescheid, schien aber nur amüsiert. Doch als er dann nachts wach wurde, da war es davon, daß sie neben ihm weinte.

»Tiare...? Was hast du?«

»Ich will nicht fort. Aber ich werde wohl müssen.«

Als Meike Lübbers zwei Tage später aus der Mittagspause zurückkam, waren Rock und Bluse zerrissen, sie selber blutig verletzt, und sie kam auch nur, um zu sagen, daß sie arbeitsunfähig sei, um danach zu Dr. Cornelis, dem Internisten in der Kurparkstraße, der ihr auch schon auf die Welt verholfen hatte, weiterzuhumpeln.

Folgendes war passiert: Sie hatte – zu der üblichen Zeit! – den üblichen Weg genommen, die Abkürzung durch die Dünen zum Deich hinüber, und dort war ihr, an der schmalsten Stelle, als ob sie auf sie gewartet hätte, die ›Swatte‹ entgegengetreten und hatte sie – ohne jedes Wort, die allergeringste Vorwarnung – angesprungen und zu Fall gebracht; samt Fahrrad war sie vier, fünf Meter tief und fast bis in den meterhoch mit stinkendem Brackwasser gefüllten Kolk gestürzt.

Das war nun eine Sache, die man nicht auf sich beruhen lassen konnte. Der Chef der Landpolizei selber nahm sich des Falles an. Uwe Streb dolmetschte, und es schien tatsächlich alles so abgelaufen zu sein, wie Meike Lübbers es darstellte.

»Und du hast sie gestoßen...? Angesprungen, sagt sie sogar?«

»Aber nein. Ts! Sie ist gestürzt, ganz von allein.« Sie selber habe, erzählte Tiare, die Abkürzung benutzt, um den Eismann abzupassen, der telefonisch nicht zu erreichen war, und von der Begegnung so wenig geahnt, wie wohl auch ihre Feindin. »Als sie mich entdeckte, da ist sie erschrocken und ins Straucheln gekommen. Wie kann sie denn von ›angesprungen‹ reden? Ich habe sie doch gerade nur berührt, und auch nur um ihr aufzuhelfen.«

Der Polizeichef zeigte durch Schniefen, daß er ihr kein Wort glaubte, schon gar nicht das letzte. Ganz im Gegensatz zu Uwe Streb. »Gerade das macht die Aussage glaubhaft. Bei ihr zu Hause gehört sich's nämlich so, einem Gegner, selbst wenn man ihn eben niedergeschlagen hätte, nach dem Kampf ritterlich wieder auf die Füße zu helfen.«

Meike Lübbers nahm nichts zurück. Aussage stand gegen Aussage. Und damit war denn auch die von ihr verfolgte Absicht erreicht: sich für sie, die Einheimische, oder die andre entscheiden zu müssen, eine Fremde, eine ›Swatte‹, eine hinterhältige Hexe.

Als der Sommer ging, als die Feriengäste gingen und die Insel alleinließen, waren die Strebs, Uwe Streb und mit ihm Streb senior, auf Hooksum wie Aussätzige isoliert.

Und bald wurde es Herbst und ungemütlich, vor allem in den alten, von den Stadtleuten so sehr bejubelten Ferienhäusern wie dem Strebschen, deren Kamine schlecht zogen, so daß bei Sturm der Rauch ätzend zurückschlug. Uwe Streb redete sich ein, daß es nur daran liege, wenn Tiare mit rotgeränderten Augen herumlief. Aber natürlich war es, weil sie heimlich weinte.

Sie sang traurige Lieder, wenn sie in der Küche arbeitete, Ingwerknollen schnitzelnd für ein Hühnergericht nach tahitianischer Art, und erinnerte Uwe Streb an die Abendstunden auf Moorea – wie aus den bemoosten Vulkanfelsen tiefer Schatten in die Cook's Bay fiel und das Wasser zu Tinte verfärbte; wie die kleinen Fische, von Barrakuda, Seehecht oder Lagunenhai gejagt, in springenden Schwärmen dichter und dichter ans Ufer gerieten und oft sogar auf den Sand, wo dann schon die Katzen warteten. Sie hatte Heimweh.

»Sie geht uns ein«, sagte sein Vater ein ums andre Mal zwinkernd. »Du wirst sehen, Jung, sie geht uns ein.«

»Was soll ich tun? Sie ins Flugzeug setzen und heimschicken? Beim nächsten Zwischenstop wird sie aussteigen und die nächstbeste Gegen-Maschine nehmen. Ich hab' dir doch erzählt, wie sie mir nachgeschwommen ist. Sie liebt mich. sie ist meine *vahine.* Sie hat sich entschieden, es zu sein – auch wenn sie dabei kaputtgeht.«

Aber die Stimmung konnte auch völlig umschlagen. Dann war sie lustig, sang und sprang, imitierte Schüler, die während der Ferienmonate bei ihr Unterricht genommen hatten, ging auch selber mit dem Surfbrett hinaus, am liebsten, wenn es blies und sich überschlagende, schaumgekrönte Brandungsbrecher gegen den Strand donnerten, weshalb Mary Plat, sich bekreuzigend, tuschelte, daß sie mit dem Leibhaftigen im Bunde stehe.

»Wenn sie uns nicht eingeht«, sagte der alte Streb, »dann wird sie sich umbringen mit ihrer verdammten Tollkühnheit.«

Doch sagte er es mit Bewunderung, gerne hinzufügend, er sei ja nun leider alt, als Hooksumer Fischer geboren und nix dazugelernt, aber der ›glückliche Johann‹, der mit den 330 Walen, der hätte wohl seine Freude an ihr gehabt.

Was den Sohn betraf, so war es ihm nur recht, von den wetterwendischen Launen seines Mädchens in Trab gehalten zu werden, denn mit einem neuen Job tat sich nichts. Die einzigen beiden bisher eingegangenen Angebote hatte er dankend abgelehnt: Zwoter auf einem panamesischen Massenfrachter, dermaßen verrottet, daß schon die nächste Reise auf dem Schiffsfriedhof enden mochte, und Kapitän – oder besser: Mädchen für alles – auf einem Tramp-Frachter, der seine Ladung hauptsächlich in den Piratenhäfen der arabischen Scheichtümer zusammenholte, er der einzige Weiße an Bord unter Indern, Malayen, Negern, Mestizen, ausstaffiert wie für ein Strandfest. So fuhr er nun auf Vaters *Elise,* zwischen Doggerbank und Rosengarten, und fuhr man nicht, dann fummelte er alle möglichen zur Reparatur angeschleppten Brückeninstrumente zurecht.

Es war am vierten Tag des Nordwests, der in der Nacht zuvor kräftig aufgefrischt und Stärke 9 entwickelt hatte, als die Alarmmeldung umlief, die ›Alte Liebe‹, das auf den Betonfundamenten einer Zwölf-Zentimeter-Flak-Batterie aus dem letzten Krieg errichtete beliebte Strand-Café am Westhörn, sei unterspült und ins Rutschen gekommen, und als man zusammenlief, ohne doch mehr tun zu können, als Geschirr und Bestuhlung zu bergen, die neue teure Spülmaschine und den im ehemaligen Munitionsbunker eingekellerten Wein, da kam schon die zweite Meldung.

Ein Kümo von 450 Bruttoregistertonnen, das typische Küstenmotorschiff, mit einer Ladung in Hamburg verschiffter Edelhölzer für die britische Möbelindustrie, sei durch Verrutschen der Decksfracht in Seenot geraten und treibe steuerlos aus dem Kanal in Richtung deutsche Küste zurück, unter der vierköpfigen Besatzung die Frau des Kapitäns, und diese im siebenten Monat.

Uwe Streb, ein wenig menschenscheu geworden durch die Ereignisse, begab sich erst zum Strand, als es hieß, der Havarist sei auseinandergebrochen, das Heck mit Maschine und Kajüte im Begriff, auf die Hooksum-Bank zu rennen, wo man die den Küstenschwell kreuzenden Brecher haushohe Fontänen aufwerfen sehen konnte. Und wie zum Hohn ließ der Regen nach und rissen die Wolken auf, fiel blankester Sonnenschein auf das Drama des im Wasservulkan taumelnden überspülten Wracks.

Und weil die Funkverbindung stand, konnte man von den Leuten auf dem Schiff hören, daß alles wohlauf sei, immer noch, von einem ausgekugelten Arm und einer Quetschung beim Maschinisten abgesehen, und hinüberfunken, daß alles getan werde, um sie zu retten, und sie so belügen. Denn der Hubschrauber flog nicht, hütete sich, bei solchem Wetter zu fliegen, und die einzige Barkasse, die sich ins Flachwasser hätte wagen dürfen, kam nicht gegen die Sturmflut aus dem kleinen Hafen am Wester Knie an.

Dies war also die Lage, als Uwe Streb am Strand anlangte, kurz nach dem Mittagläuten, und zur gleichen Zeit erschien draußen auf See, erst noch schemenhaft, ein Fischkutter.

Der Strandvogt kam, Südwester auf dem Kopf und bis zu den Füßen in graues Ölzeug verpackt, das vor die Brust gehängte Sprechfunkgerät am Ohr: »Dein Vater...!«

»Nein!«

»Dein Vater und Henk Paulsen. Die *Elise* ist das stärkste Schiff hier.«

»Aber sie können nicht... Sie *dürfen* nicht... Das ist doch Wahnsinn! Jens, Jens...« Er mußte sich unterbrechen, ihm war speiübel vor Schreck. »Jens, sie können nicht loten, wie tief es ist! Das Echolot ist ausgebaut – bei mir zu Hause auf dem Tisch.«

Der Strandvogt starrte ihn an, auch er würgend an seinem Entsetzen. »Dann... Dann...«

Man konnte darauf warten. Und in der Tat dauerte es nicht länger als zehn Minuten, da kam die Meldung: *Elise* aufgelaufen! Sie hatte nicht einmal eine Seilverbindung herstellen können, war nun selbst ein Havarist und meldete den ersten Wassereinbruch. Dann die Beschädigung der Antriebsschraube.

Als Uwe Streb Tiares ansichtig wurde, trug sie Surferkluft, den gummierten schwarzen Naßbiber mit Beinlingen für Schlechtwetterfahrten, und er wußte augenblicklich, was sie vorhatte, noch ehe sie im Souterrain des ›Dünenpalasts‹ verschwand, und wirklich hatte sie, als sie wieder zum Vorschein kam, ein kleines, nur bügelbrettgroßes Surfbrett bei sich, auch eine aufgerollte Leine, die sie sich sorgfältig um den Leib wickelte.

Er sagte nichts, und schon gar nicht versuchte er, sie aufzuhalten. Sie würde sich nicht aufhalten lassen. Sie würde sich nicht einmal helfen lassen, Surfbrett und Segel, an denen der Sturm zerrte, durch den Sand zu tragen, und heute zum erstenmal, so sah er, begriffen endlich auch die anderen, was in dieser fremden, seltsamen Frau vorging, denn auch sie packten nicht zu, sondern bildeten nur eine Gasse, besser: ein respektvolles Spalier. Nur die allerletzten dicht am Meeressaum wagten es, die Hand auszustrecken, um ihr ermutigend auf die Schulter zu klopfen.

»Sie ist verrückt«, schüttelte der Strandvogt den Kopf, »total verrückt.«

»Ja. Wie mein Alter. Wie Henk. Wie wir alle. Wie jeder Mensch mehr oder weniger.« Uwe Streb riet ihm, für eine Motorwinde Sorge zu tragen; vielleicht daß man ja doch noch der *Elise* helfen könne.

»Du glaubst doch nicht, sie schafft es?!«

»Doch. Ja. Sie schafft es, weil sie es will.«

Tiare Scott, 22 Jahre alt, gebürtig auf Moorea, acht Meilen vor Tahiti, in Surferkreisen unbekannt, surfte gegen ein brodelndes, brandendes Meer mit sechs Meter hohen Wellen und Windgeschwindigkeiten um die 45 Knoten gleich 83 Stundenkilometern ankreuzend eine Strecke von 1,2 Meilen und – wie von tausend Teufeln gehetzt – wieder zurück, und sogar zweimal, weil die mitgenommene Leine beim erstenmal riß.

Nur der Büxtener ›Kreisbote‹ berichtete, doch ausführlich auch nur in der Regionalausgabe für Hooksum und die umliegenden Inseln – mit Bildern der Heldin, der dank ihres Mutes Geretteten sowie der beschädigten, doch davongekommenen *Elise* –, weil für die Landratten das Verschwinden des beliebten romantischen Strand-Cafés ›Alte Liebe‹ ungleich sensationeller war.

Als Uwe Streb und sein Mädchen Hooksum verließen,

geschah es mit der reparierten *Elise* in aller Heimlichkeit, nur von Henk Paulsen verabschiedet und Streb senior.

»Du kommst wieder...«, sagte Käpt'n Streb an der Büxtener Pier, was weder wie eine Frage noch wie eine Bitte klang, sondern nach einer dieser Redensarten, wie sie beim Abschiednehmen gängig sind.

Uwe Streb hatte, als er mit Tiare ins Flugzeug stieg, gut zwanzigtausend Mark in der Tasche, genug fürs Leben, und lange, lange noch vor seinem geistigen Auge seinen alten Herrn mit den weißen Haaren und der Lederhaut, mit der nicht wegzudenkenden Pfeife und der komischen Angewohnheit, bei gewissen Gelegenheiten mit den Augen zu zwinkern.

Scheidung auf Brasilianisch

Mein Gott, war ich erschöpft. Was sag' ich – ich war kaputt, fix und fertig. Mein Kopf dröhnte, meine Knie zuckten, in den Eingeweiden rumorte es vom vielen Zuckerrohrschnaps, die Füße brannten vom vielen Sambatanzen auf dem Asphalt der Avenida Rio Branco, und in meinem Schädel wirbelte es – Flitter und bunte Fetzen, schwingende Reifröcke und schwingende Busen, Brüste wie Glocken und Schenkel wie Säulen. Karneval in Rio, wenn er mitgemacht und nicht nur von der Zuschauertribüne aus begafft wird, will bezahlt sein, und das mindeste dafür ist das Unvermögen, aller Müdigkeit zum Trotz am Aschermittwoch Schlaf zu finden. Als es gegen zwei auf dem Hotelflur laut wurde, hatte ich immer noch kein Auge zugetan.

Ein Zank, und zwar zwischen einem Mann und einer Frau, der mir gerade recht kam. Vielleicht konnte er mir aus dem Gebrodel meiner aufgeputschten Sinne heraushelfen. Ich konzentrierte mich und, ich mußte es zugeben, lauschte. Ja, ich stand sogar auf aus dem zerwühlten Bett, um besser horchen zu können, denn die Stimmen waren zu leise und was sie sagten für meine Kenntnisse des Portugiesischen zu schnell, um verstehen zu können. So verrückt war ich in meinem Verlangen, mich abzulenken, daß ich die Tür öffnen wollte.

Es geschah in dem gleichen Moment, wo ich nach dem Türdrücker griff, als es von draußen klopfte, und so war mein Öffnen ein automatisches. Wie ich auch ganz automatisch beiseite trat, als jemand hereindrängte. Erst als die Tür wieder zu war, wurde mir meine Unbedachtheit bewußt. Es hätte ja ein Gangster sein können, den ich einließ, und daß derlei passierte, ergab sich aus in den Zimmern ausgehängten entsprechenden Hinweisen der Hoteldirektion. Es war keiner. Es war eine Frau.

Nach Atem ringend drückte sie mit dem Rücken die Tür ins Schloß. »Bei der heiligen Mutter von Guanabàra – helfen Sie mir!«

Sie war groß und schön und nackt. Oder jedenfalls so gut wie nackt, denn das bißchen Negligé, mit dem sie bekleidet war, konnte höchstens dazu dienen, die Formen noch zu betonen. Ärmellos und von nur einem einzigen Knopf gehalten, umschmiegte es Brüste und Hüften. Herrliche Brüste, herrliche Hüften – zu herrlich, um nicht schon wieder eine automatische Reaktion bei mir hervorzurufen. In diesem Moment war ich den verdammten Karneval endlich los – mir bewußt werdend, daß ja auch ich nackt war.

Ich wollte weg, wollte in meinen Bademantel, da wurde draußen die Männerstimme hörbar, zwar leise, aber herrisch: »Janete!« Es mußte direkt vor der Tür sein. Und gleich darauf klopfte es.

Meine Besucherin vollführte eine Gebärde, wie nur eine Frau sie fertigbringt. Die eine Hand preßte sich auf ihren Mund, die andere streckte sich gegen mich aus, mit einer halb flehenden, halb verlangenden Geste.

Erneutes Klopfen. Wieder die Stimme. »Janete! Janete, bist du hier?!« Es klang nicht nur herrisch, es klang wütend.

Die Hand berührte mich, und während die Finger an mir herabstrichen, sank die Frau in die Knie.

Ich drehte den Kopf weg, gab meiner Stimme einen schlaftrunkenen Klang und meinem Englisch einen breiten Texasakzent: »Betrunkenes Schwein! Such gefälligst leise nach deinem Zimmer und stör ehrliche Menschen nicht im Schlaf!«

Gemurmel des Mannes draußen. Das Tappen sich entfernender Schritte. Türklappen am Ende des Flurs. Dann Stille.

Die Frau lag wie ein Bündel auf dem Teppich, die Arme um meine Füße geschlungen, Nacken und Rücken vom gelösten Haar überflossen. Falls sie meinen Zustand überhaupt bemerkt hatte, so kümmerte er sie jedenfalls nicht. Ich meinerseits spürte den Kitzel im Blut, den es ausgelöst hatte, als dies üppige, blauschwarze Haar mich streichelte.

Ich wollte mich freimachen, doch ließ sie es nicht zu. So blieb mir nichts übrig, als sie aufzuheben, und als ich es tat, drängte sie sich sofort schutzsuchend an meine Brust.

Sie mußte mich spüren, ich spürte ja doch auch sie. Ich hätte nie gedacht, daß mir eine solche Situation nichts als peinlich sein könnte.

»Ist ja gut«, sagte ich, ihren Rücken tätschelnd, »ist ja gut.« Ich strich ihr über den Kopf. »Beruhigen Sie sich, und dann bringe ich Sie zurück.«

»Nein! Nein...!«

»Aber so schlimm wird es doch nicht...«

Meinen Kopf in ihre beiden Hände nehmend, bedeckte sie mein Gesicht mit Küssen: »Bitte nicht! Bitte!«

»Aber er wird sich doch auch beruhigen. Es ist der Alkohol. Es ist dieser Karneval. Sie werden sehen, daß er schon eingeschlafen ist, wenn Sie zurückkommen. Aber wenn Sie wollen, dann kann ich ja mit ihm...«

»Er wird schießen«, sagte sie. »Er hat eine Pistole bei sich. Er ist zu allem fähig. Und zuerst würde er auf Sie schießen.«

»Ach was.« Ich sah sie an: »Ihr Mann?«

»Ich war bei einem andern! Nachts! Und mit praktisch nichts am Leib! Allein schon die Ehre eines Brasilianers gebietet, einen offenkundigen Liebhaber zu töten.«

»Ich bin nicht Ihr Liebhaber. Obwohl...«

Sie wartete, fing an, leise zu lächeln.

»Sie sind eine bezaubernde Frau«, sagte ich etwas lahm. »Und wenn Sie nur wollen, wird dieser Zauber auch auf ihn wirken.«

Vielleicht war es ihr Mann, vielleicht ihr Geliebter, obwohl sie nicht wie eine ›Compagneira‹, sondern wie eine Ehefrau wirkte. Ich machte mich von ihr frei: »Sie gestatten?«

Im Bad schlüpfte ich in meinen Bademantel. In den Spiegel blickend schüttelte ich über mich selbst den Kopf. Was hier geschah, war der ewige Männertraum. Doch wie wenig wußte ich damit anzufangen. Ich fühlte mich hilflos und überfordert. Ich begriff überhaupt nicht, worum es ging. Und dachte genau das, wovon ich geglaubt hatte, daß es ein Kerl wie ich bei solcher Gelegenheit nie denken würde: Wie wirst du sie wieder los?

Als ich in das Zimmer zurückkam, lag sie im Bett. »Entschuldigen Sie, aber mich fröstelte.«

»Schon gut.«

Die Sache wurde immer unheimlicher. Ich dachte an Erpressung. Ich dachte daran, daß ich möglicherweise den weiblichen Teil eines Gaunerpärchens in meinem Bett beherbergte, welches sich mit einem dummdreisten Trick Zugang zu seinen Opfern verschaffte. Ich wußte ja nicht mal einen Namen.

An die Kühlschrankbar tretend sagte ich: »Sie auch, Janete?«

»Danke, ja.« Sie hatte reagiert, aber ich war so schlau wie vorher.

»Sie heißen doch Janete?«

Ein Lächeln zeigend, deutete sie auf eines der Fläschchen, die ich in Händen hielt. »Diesen da, wenn ich darf – den Bourbon.«

Sie war ein Luder, und ich war ein Tölpel. Wahrscheinlich hatte ich nicht einmal dann eine Chance, wenn ich den Nachtportier alarmierte.

Nachdem ich brav meinen Whisky abgeliefert hatte, zog ich mich in einen Sessel zurück. Sie trank hastig, dann setzte sie das Glas ab und klopfte mit der Hand auf den Bettrand: »Sie sind so weit weg, und ich habe das Bedürfnis... Vielleicht können Sie mich verstehen?«

»Ich glaube schon.«

Ich ging hinüber. Ich kam mir nicht mehr gar so tölpelhaft vor. Wenn ich schon in der Falle saß, wollte ich wenigstens etwas vom Köder haben.

Erst als ich neben ihr saß, wurde mir ihr Duft bewußt. Es war der Duft eines exklusiven Parfums. Auch roch sie nach Frau, was allerdings kein Wunder war nach dem, was sie zu sehen und zu spüren bekommen hatte.

Ich wußte nicht, was von mir erwartet wurde. Vermutlich war falsch und naiv, was ich sagte, aber es kam wie von selbst über meine Lippen. »Sie sind eine wunderschöne Frau, Janete – wenn Sie so heißen. Sie sind reizvoll und verführerisch und ungeheuer sexy. Und Sie haben, was in dieser Verbindung vor allem hier in Lateinamerika eine Seltenheit ist, ein verdammt kluges Köpfchen. Ich versteh' nicht, wie Sie machen können, was Sie da machen?!«

Natürlich überhörte sie geflissentlich, was ich fragte, und welches Flittchen hätte es nicht überhört. Zu dem Rest sagte sie, nachdem sie aufgeseufzt hatte: »Ich wünschte, Sie hätten recht. Ich werde es nötig haben.«

Vor den Fenstern begann es zu tagen, der Karneval fällt ja in Brasiliens Sommer. Wenn ich also meinen Spaß haben wollte, mußte ich mich beeilen. Ich beschloß, die Dinge selber in die Hand zu nehmen.

»Ich nehme an, du wirst Geld haben müssen, hm?«

Zuerst wirkte sie irritiert, als begriffe sie nicht. »O ja, natürlich. Sie haben recht. Wenn Sie mir eventuell...«

»Du kannst ›du‹ sagen. Wieviel?«

»Fünfhundert Cruzeiros, sechshundert. Ich weiß nicht. Am liebsten tausend. Es ist ja nur geliehen.«

»Aber ja doch, Schätzchen. Scheck oder bar?«

»Bar, wenn es geht...«

»Dacht' ich mir's doch.« Ich stand auf. »Und natürlich gleich?«

Sie lächelte und wirkte irgendwie befangen. Aber dann schmiegte sie ihre Wange an meine Hand, als die Scheine auf dem Nachttisch lagen.

»Und jetzt komm«, sagte ich. Mein Tonfall machte ihr klar, daß ich nicht von gestern war, und mit eigenen Händen begann ich, als sie sich zierte, das Negligé herunterzuschälen.

»Na los! Stell dich nicht so an!«

Sie suchte mit ihrem Blick den meinigen und ließ ihn nicht wieder los, der Ausdruck ihrer dunklen Augen war fragend, als horche sie in sich hinein. Sie wirkte keusch, war aber heiß, wie ich es noch nie erlebt hatte. Überhaupt hatte ich eine solche Frau noch nicht erlebt. Sie war überraschend eng für jemand ihresgleichen. Und es waren echte Orgasmen und nicht nur das vorgemachte Theater einer Professionellen.

Sie liebte, als ob sie haßte. Als ich ausgepumpt in Schlaf versank, waren drei Stunden vergangen.

Irgendwann am Morgen kriegte ich mit, daß ein schwarzes, kopflos schnatterndes Stubenmädchen im Zimmer war, irgendwann später wie dieses Mädchen nur noch stumm den Kopf schüttelnd, seine Uniform hergab und sich aus dem Schrank mit Bade-Shirt und Shorts von mir bediente, aber ich war zu kaputt, um Einwände erheben zu können. Selbst wenn der Komplize meiner Liebestollen aufgetaucht wäre, um alles mitgehen zu lassen, hätte ich die Stimme nicht heben können, viel weniger eine Hand.

Irgendwie und irgendwann kriegte ich auch noch mit, wie diese unwahrscheinliche Frau, nunmehr als Stubenmädchen verkleidet, an das Bett trat und sagte: »In spätestens einer Woche! Ich melde mich.« Aber was ich zustande brachte, war nur ein gemurmeltes: »Das fehlte mir...«

Gott, war ich froh, sie loszuwerden. Aber was die drei Stunden betraf, so waren sie jeden Cruzeiro wert gewesen. Das Gefühl, mit dem ich wieder einschlief, war eines von Sattheit und Befriedigung.

Als ich wieder zu mir kam, waren vierundzwanzig Stunden vergangen. Geduscht und rasiert sah ich aus wie jeder Mann, der Rios tolle Tage in den Knochen hat. Als ich zum Frühstücksraum unterwegs war, machte mich eine Menschenmenge am Zeitungsstand stutzig. Es sah geradezu nach Auflauf aus. Der Artikel, um den es den aufgeregten Leuten ging, war mir nicht auf Anhieb verständlich, doch das Foto, welches ihn illustrierte, ließ mir schlagartig den Schweiß aus den Poren springen, und das sollte erst der Anfang sein.

Sie hieß tatsächlich Janete. Sie hieß Janete Maria Serrador dos Aguinaga, war einunddreißig Jahre alt und die Gattin des berühmten Industriellen Ruiz Aguinaga aus São Paulo. Bislang jedenfalls. Besagtes Bild zeigte sie nämlich bei der Ankunft auf Carrasco-Airport, dem Flughafen von Montevideo – in Empfang genommen von dem uruguayischen Anwalt, der ihre Scheidung betreiben sollte.

Der Text besagte, daß es Senhora Janete im Trubel des Karnevals gelungen sei, ihren bekannt eifersüchtigen Mann abzuhängen – mit Hilfe eines Unbekannten, an dem der große Aguinaga dann auch Rache zu nehmen versprochen habe. Wer dieser unbekannte Senhor sei, wisse man noch nicht; was sich Senhora Janete entlokken lasse, sei nicht mehr als: »Ein Kavalier.«

Ich bin noch am gleichen Tag abgereist. Zugegeben: aus Angst – aber nicht vor Janetes Mann, sondern vor ihr selber. Ich hätte ihr eine verdammte Menge erklären müssen, und ich wußte nicht, wie.

Am Straßenrand

Die hübsche Kleine bei ›Hertz‹ hatte recht gehabt, als sie mir riet, die Staatsstraße 85 zu nehmen, um nach Eilat am Roten Meer zu gelangen. Das Bild, das sich bietet, wenn man auf diese Art aus den Wüstenbergen des Negev wie auf eine Rampe kommt, von der das Asphaltband der Straße sich im Zickzack hinabstürzt, verschlägt einem den Atem. Bis 380 Meter unter den Meeresspiegel geht es hier, zur tiefsten Stelle der Erde – dieses Bild geht unter die Haut.

Das Tote Meer da unten weiß und unbewegt wie gewalztes Blei zu irren Felszacken erstarrtes Steinsalz und eine ebenso weiße Stadt mitten in Pottasche, Schwefel, Asphaltvorkommen – Sodom. Lieber Himmel, dort leben Menschen! Und haben auch schon, dort und in Gomorrha, in biblischer Zeit gelebt, als unsere Menschheitsgeschichte ihren Anfang nahm.

Wo das mehr und mehr austrocknende Meer verschwunden ist, zeigen sich tiefe Schluchten im Boden, die von phantastischer Regelmäßigkeit sind. Straßenzüge? Häuserzeilen? Wenn eine Fliegende Untertasse sich erhoben hätte, ich würde mich nicht gewundert haben.

Ich hätte noch stundenlang schauen mögen, doch es wurde spät, und hier unten wird es mit einem Schlag Nacht, sobald die Sonne gesunken ist. Und dann kann es passieren, daß die Route 85 noch Aufregenderes zu bieten hat als diese Marslandschaft, verläuft sie doch direkt an der Grenze.

Niemand hatte mir in Tel Aviv sagen können, ob ich überhaupt bei Dunkelheit dort würde fahren dürfen. »Sie werden es, verstehen Sie«, hatte die Hübsche gesagt, »schon merken. Wenn nicht, haha, dann wird die Straße unten, wo sie den Knick nach Süden macht, durch Soldaten gesperrt sein.«

Nun, ein Schlagbaum findet sich, preußisch rot und weiß, sonst aber nichts, und da er hochgeklappt ist, bin ich also weitergefahren. In die schon fallende Dämmerung hinein und in eine Gegend, wo sich die Füchse gute Nacht sagen. Weiß und weit und weich gewellt. Und so mit Bäumen, Büschen und Felsbrocken bestückt, daß es aussieht wie ein Manövergelände für Guerillakrieger. Sprung auf! Und schon wieder verschwunden wie Spuk.

Und noch klotzige 175 Kilometer bis Eilat!

Kein Auto, das entgegenkäme. Keines, das mich überholte. Ich bin allein in einem Guerilla-Terrain voll verdächtiger Schatten. Ist es besser, mit Fernlicht zu fahren? Oder vielleicht nur mit dem Parklicht? Mit Fernlicht würde ich sehen können, wenn jemand kommt – aber dieser Jemand, falls er irgendwo lauerte, würde auch sehen können, wenn ich komme. Also lieber runterschalten das Licht und versuchen sich durchzuschmuggeln.

Ach was, Blödsinn, habe ich mir gesagt, reiß dich zusammen! Wenn da was im Busch wäre, dann hätten sie doch die Straße gesperrt. Aber wie dann etwas Dunkles vor mir auftaucht – nichts, gar nichts, bloß ein Nachtvogel, der sich schwerfällig erhebt, als ich heran bin –, da trete ich doch wieder auf die Bremse, daß es die Karre nur so aus den Latschen hebt.

Ich bin eigentlich nicht gerade ein Angsthase, aber in so einer Gegend nicht an Knallerei zu denken, ist genauso unmöglich wie angesichts einer volleingeschenkten Bluse nicht an Fummeln.

Als plötzlich dicke Klumpen in der Dunkelheit stehen wie eine Herde Elefanten, will mir das Herz aus dem

Hals. Doch dann blinkt etwas. Blech und Glas und Emaille. Es handelt sich um Zehn-Tonner, abgestellt vor einer Tankstelle. Und es gibt sogar eine Imbißstube. Und wenn dem so ist, dann gewiß auch einen Schnaps.

»Hallo! Shalom!«

Mein Gruß bleibt unerwidert. Die Kerle, die herumhocken, sind damit beschäftigt, auf ein Mädchen zu starren, das an einem Tisch alleine sitzt. Möcht' wissen, warum. Muß wohl an der tristen Gegend liegen, wenn man an der was finden kann. Oder ist es, weil sie heult?

Sie macht das nämlich irgendwie merkwürdig. Es fließt nur so runter, doch zu hören ist nichts, nicht ein Laut. Und dabei starrt sie ihrerseits auf die Männer. Oder besser gesagt, durch sie hindurch. Die Augen, schwarz umrändert, sind still und riesengroß. Ich muß mich korrigieren, ganz und gar von der Hand zu weisen ist jemand nicht, der solche Augen hat.

Wenn überhaupt Stimmung geherrscht hat in dem Schuppen, dann eine kotzjämmerliche, und eigentlich nur, um nicht davon angesteckt zu werden, habe ich mich an den Wirt gewendet, wie weit es noch bis Eilat wäre.

»Eilat?« Erst guckt er, als hörte er den Namen zum erstenmal. Doch dann wird er munter: »He, was? Eilat?! Du willst nach Eilat? Dann, hör mal, könntest du doch die Kleine da mitnehmen, he?«

Und lächelt gewinnend und führt sich auf, als ob er mir eine Tochter von sich anvertrauen wolle, die noch Jungfrau ist und es auch bleiben soll. Aber das merkte auch ein Blinder, daß er in Wahrheit meint: Schaff sie mir um Himmels willen vom Halse! Und warum sonst auch sollte der Schnaps umsonst sein?

Also bin ich vorsichtig.

»Was ist denn los?«

»Eine Mine. Vor gut zwei Stunden. Ihr Bruder. Mit dem Laster drauf und, rumms – beide Füße kaputt. Er ist mit dem Helikopter weg, und sie hockt nun rum. Es fehlt ihr nichts, nicht mal eine Schramme. Wollte nach Eilat und bei ihm wohnen und Urlaub machen.«

»Araberin?«

»Nein, nein, Israelin. Aus dem Jemen. Die malen sich die Augen auch so.«

»Okay. Ich nehme sie mit.«

Es war nicht ihretwegen, ich gebe es zu. Es war meinetwegen. Auch ein zweiter Schnaps hatte das flaue Gefühl in der Magengrube nicht beseitigen können. Ich hätte auch einen Wellensittich mitgenommen in seinem Bauer, nur um etwas neben mir haben zu können, mit dem sich quatschen ließ.

Merkwürdig der Geruch, den sie mitbrachte. Ein Geruch nach Frau, aber so direkt, wie ich es noch nie erlebt habe. Scharfe Katze, würde ich unter anderen Umständen gedacht haben. Und schäme mich, als ich darauf komme, um was es sich wirklich handelt. Es ist Angstschweiß. Wahrscheinlich rieche ich nicht viel anders, bloß daß ich keinerlei Grund dazu habe.

Tut mir leid. Und so strecke ich die Hand hinüber. »Yehudith?« (So hatte sie der Wirt genannt.)

»Yehudith«, wiederholt sie, doch es hört sich anders an, als ich es ausgesprochen habe, und so vergehen die Kilometer, mindestens zehn, ehe ich es genauso kann. Aber das ist es dann auch – sie spricht kein Englisch, kein Französisch, und schon gar nicht spricht sie Deutsch.

Was macht's. Sie hat die Hand, als ich nach ihr griff, nicht mehr losgelassen. Die ihrige ist schmal und zartgliederig, und ich kann regelrecht spüren, wie daraus Vertrauen zu mir überströmt. Wenn mich überhaupt jemals ein Mädel so angefaßt haben sollte – ich kann mich jedenfalls nicht daran erinnern.

Als ich im ›Caravan‹ ankomme, wo ich vorgemerkt bin, ist es halb neun. Im Tauchclub in der Baracke am

Stadtrand gleich gegenüber brennt Licht, und so gehe ich erst einmal dorthin. Ein ganzer Haufen Leute ist da zugange, Männer und Frauen in Badezeug und mit ihrem Tauchkram, und alles liegt mir in den Ohren, was für ein Glückspilz ich sei, weil, einen solchen Vollmond wie heute, den würde es so bald nicht wieder geben.

Unglaublich groß und rot steigt er über das Felsengebirge auf der arabischen Seite des Golfs. Bis er silbern werden und sich verströmen wird, werden noch gut zwei Stunden vergehen. Reichlich Zeit, um auszupakken, sich frisch zu machen und einen Happen zu essen.

Wer sich halb erhebt von dem Stuhl an dem Tisch gleich neben der Tür, als ich in das Hotelrestaurant komme, ist das Mädchen. In den großen, dunklen Augen mischen sich Hoffnung mit Bescheidung, Erwartung mit Verzagtheit. Aber auch die Haut macht dieses Gesicht interessant. Zimtbrauner Schmelz liegt wie Puder darauf. doch es ist kein Puder, ich weiß es. Diese Art Haut ist so. Betaut, wie es früher bei Dichtern geheißen hat. Warum soll ich mich nicht dazusetzen? Habe ich nicht auch schon schlechtere Mädchen eingeladen?

»He, Yehudith!«

Sie nickt, weil es richtig ausgesprochen war. Und dann zeigt sie zum erstenmal ein Lächeln. Du lieber Gott – lächeln hätten sie sie sehen müssen, die Kerle in der Imbißstube, und nicht heulen, dann würden sie vielleicht erst geguckt haben!

Blöd allerdings, daß sie mir danach, als ich ihr über die leergegessenen Teller hinweg zunicke, die Hand küßt. Obwohl andererseits... Hat dir schon mal 'n Mädel die Hand geküßt? Wenn dieser Mond nicht gewesen wäre, ich wäre vielleicht geblieben.

Es ist zehn geworden und langsam Zeit zum Gehen. Als ich aus meinem Zimmer in den silberhellen Hof des wie eine Karawanserei angelegten Hotels trete, falle ich um ein Haar über sie, weil sie sich auf die Schwelle gekauert hat.

»Menschenskind! Was soll denn das, Yehudith...?«

Ach, was nutzt es, zu reden, wenn einen der andere ja doch nicht versteht. Sie geht neben mir her zum Strand, verfolgt aufmerksam, wie ich mich in den Tauchergummi zwänge und die Preßluftflasche auf den Rücken schnalle, und verharrt dann in der seewärtigen Tür der Tauchclub-Baracke.

Nicht zu fassen, was die Kleine mit ihren Augen machen kann. Vorhin beim Essen, als sie gelächelt hat, da waren sie ein fröhlich sprudelnder Brunnen – jetzt sind es irisierende Pfützen der Angst. Na ja, sie hat wohl noch nie einen Menschen tauchen sehen und vielleicht noch nicht mal das Meer.

»Aber, aber, Yehudith?«

Eiskalt ihre Hände, und der Atem kommt nur flach. Sie mag mich gar nicht mehr loslassen, und ich würde sie mitnehmen können ins Wasser und tiefer und tiefer, bis es über uns zusammenschlüge. Hat der Mensch so was schon erlebt?!

»Du brauchst doch keine Angst zu haben, ich komme doch wieder. Das ist ein Sport wie jeder andere, und ich kenne mich aus damit. Ich...«

Ach was, sie kapiert ja doch nicht. Und es gibt auch Wichtigeres, wie mir aufgeht, erst jetzt und spät genug. Vielleicht weiß sie nicht, wohin? Wenn nämlich dieser Bruder allein gehaust hat – oder sie hat keine Adresse oder keinen Schlüssel...

»Yehudith! Du – zu mir. Du weißt ja das Zimmer. Hier, der Schlüssel. Du – warten. Schlaf oder sieh fern, was du willst. Wir sehen uns dann, okay?«

Sie hat genickt. Na, also. Doch ich muß mich regelrecht losreißen von ihr. Als ich mich rücklings ins Meer gleiten lasse, das warm ist und schmiegsam wie eine Frau, da bleibt sie als mondlichtüberflossene Statue zurück, weiß das Gesicht und schwarz ihre großen Augen. Wenn dieser Mond nicht gewesen wäre, bei Gott, ich wäre geblieben.

Der ›Mosesfelsen‹, wie sie ihn dort nennen, ein mächtiger Korallenblock mit pilzartiger Kuppe, bietet schon alles, was ein Sporttaucher, für den ein Südmeer der große Traum ist, in diesem Silberlicht sich wünschen kann. Ist es der Zauber der Wasserwelt, ist es die Preßluft, die man in der Tiefe inhaliert – ich gerate in Euphorie, werde zu einem anderen Wesen und vergesse die Welt, die droben liegt.

Als ich zwei knallgelben Riff-Fischen zum Land hin folge und ins Flachwasser komme, ist dort etwas Merkwürdiges, doppelzylindrisch, bleich und schmal, und ich weiß augenblicklich, daß das Beine sind, und auch, wem sie gehören.

»Um Himmels willen, Yehudith!«

Sie ist nackt, hat nicht einen Faden mehr am Leib – und würde wohl ohne Zögern auch die letzten Schritte noch gemacht haben, wenn ich sie nicht aufgefangen hätte.

Verdammter Gummi auf meiner Haut! So viel Schönes hast du mir schon beschert, doch das Schönste willst du mir nun vorenthalten – zu spüren, wie sie sich an mich schmiegt.

Der Mond, haben sie gesagt, wird nie wieder so sein. Soll er.

Sie hat nur rasch das Kleidchen übergeworfen und Unterwäsche und Schuhe in der Hand. Ich selber stecke noch im Tauchergummi, als wir zum Hotel gehen. Ohne Hast, ohne ein Wort. Und so ist dann auch unser Aufeinanderzukommen in der Silberhelle im Zimmer, in der ihre Lippen und ihre Brustspitzen ebenso schwarz aussehen wie ihre Augen.

Ein Kuß, so heißt es, sei ein Versprechen. Dieser hier ist fast schon Erfüllung. Und als es zur Erfüllung kommt, kann ich nur noch staunen über soviel Leidenschaft und Hingabe und brauche viele Minuten, bis ich in die Wirklichkeit zurückfinde.

»Yehudith...«

»...Werner!«

Es ist schwer für eine jemenitische Zunge, doch sie wird es lernen.

Und hat es auch gelernt, und nie werde ich mich satthören, wie sie es mit diesen rollenden R's sagt, und nie werde ich müde zu sehen, wie sich dabei die Brunnen ihrer geliebten Augen voll Zärtlichkeit verschleiern.

Der steile Weg nach oben

Noch nie war ihm eine Strecke derart leicht gefallen. Schon nach einer Stunde Training saß die Ideallinie so, daß er sie im Schlaf hätte runterschnurren können. Jetzt kam es nur noch darauf an, Tempo zu machen.

Als er sich den Boxen näherte, hob sein Monteur Eddie wie bei jeder Runde die Signaltafel, und die Zeit darauf war bei Gott keine schlechte, doch immer noch nicht gut genug, denn es stand ›– 18‹ darunter, und das hieß, daß noch 18 Sekunden fehlten für einen Startplatz in der vorderen Reihe.

Neben Eddie auf einem erhöhten Faltstuhl saß wie immer Mona mit Stoppuhr und Rundenliste – nichts als helles, leuchtendes Fleisch in ihren winzigen Cut-offs und dem Oberteil eines Tanga-Bikinis. Er nahm für einen knappen Gruß die Hand vom Lenkrad, um danach um so fester zuzupacken, denn die *Dunlop*-Kurve wollte bewältigt sein, und diesesmal mit höchstens 500 Umdrehungen unter Maximum, weil, wenn überhaupt, nur in den Kurven diese gottverdammten 18 Sekunden gutzumachen waren.

Ihm selber wäre es egal gewesen, ob erste Reihe im Starterfeld oder auch letzte. Dies war *sein* Rennen, und einerlei, von wo er abführe, wenn die Flagge sich hob – der erste, den sie rund anderthalb Stunden später wieder abwinkten, würde er sein.

Komisch, daß man so was spürte. Genau wie es ihm die alten Hasen schon immer gesagt hatten. Kein irgendwie großartiges Gefühl und nicht einmal eines von Vorfreude, sondern mehr eine Art innerer Genugtuung: der Preis für Fleiß. So wie der Bauer ja auch bloß erntet, was ihm von Rechts wegen zusteht, wenn er sich das Jahr über ehrlich geschunden hat. Auch dies wie von den alten Hasen beschrieben, welche klagten, daß man sich leider viel zu schnell daran gewöhne. Hm, die alten Hasen! Bei manchem hatte man den Eindruck, daß er gar nicht mehr wußte, warum er überhaupt noch fuhr und nur als eine Art zusätzliche Schikane ins Rennen geschickt wurde, um immer gerade dann im Weg zu sein, wenn einer vom Nachwuchs die Chance wahrnehmen wollte, sich an die Spitze zu setzen.

Les Hunaudières! Sechs Kilometer geradeaus, von einem leichten Rechtsknick abgesehen, der aber nicht zählte. Vierter Gang, fünfter Gang. Und hochgejubelt die 600 PS! 8500 – 8600 ... 8800 Umdrehungen, 300 km/h! Jetzt lief's.

Aber – what for? Er konnte den Ersten machen, und er würde den Ersten machen. Aber dann bestimmt nie wieder solch einen Motor bekommen, solche Reifen – und natürlich auch nicht solch einen Monteur wie Eddie, der Pannen roch, bevor sie sich überhaupt einstellen konnten.

Der Goldlorbeer, der war nun mal für die alten Hasen reserviert; und wenn einer wie er Glück hatte und sich nicht allzuweit abdrängen ließ von den Fotoreportern und den Fans mit ihren Autogrammkarten und den vom Nervenkitzel aufgegeilten Weibern in ihren unter dünnen T-Shirts schlingernden Titten, dann kriegte er vielleicht 'n paar Spritzer vom Siegeschampagner ab.

9000 Umdrehungen ...! 320 km/h ... 330 ...! Wie hieß es? Nur Fliegen ist schöner!

Dieses Le Mans lag ihm. Das hatte Rhythmus. Kein Vergleich mit dem Nudeltopf Indianapolis, mit Monza oder Clermont Ferrand, dem ›französischen Nürburgring‹, wo man achtunddreißig Runden runterzuknüppeln hatte, jede à 51 Kurven, fast zweitausend insgesamt, so daß man sich am Ende vorkam wie das Opfer einer wildgewordenen Achterbahn und noch Wochen danach seine verkrampften Nackenmuskeln spürte.

Man munkelte, daß die anderen Reifenfirmen gemeutert hätten, ständig auf dieser Strecke antreten zu sollen, die quasi Michelins Hausstrecke war, so daß nun der gute alte Le-Mans-Circuit wieder zu Ehren kam, doch man munkelte viel in der Branche, und wenn man ihn fragte, zu viel.

Nur fragte ihn keiner. Für die Pressefritzen waren Leute wie Alain, Emerson, Ayerton, Roy interessant, der vor allem, der große Roy Gardiner, ›King Roy‹, aber kein Klaus Rudnik, und daran änderte auch nichts, daß er sich in dieser Saison immerhin schon 14 Punkte und den achten Rang in der Formel-Eins-Weltmeisterschaft zusammengefahren hatte. Was an ›Kläuschen‹ interessierte, das war höchstens seine Verbindung zu Mona Pitti – und die auch bloß, weil da die Millionen von ›Pitti-Reifen‹ dahinterstanden.

Vor drei Wochen zum Beispiel, als er in Zandvoort den Dritten machte, trotz eines Drehers auf verwehtem Dünensand in der *Tarzankurve,* da hatten sich diese Kerle mit ihren Fotoapparaten wie eine Phalanx Lanzenträger auf ihn gestürzt – und dann das Ergebnis nicht etwa im Sportteil abgedruckt, sondern in den Klatschspalten, Kranz und Schleife von ihm weggeschnitten, er selbst nur noch Staffage für Mona und deren Gratulationskuß.

Die *Mulsanne*: Gas weg! Gänge runter! Bremse . . .! 6000 Umdrehungen nur. Und nicht mehr als 80 km/h! Aber nun wieder hoch. 7000–8000 . . . Pst, mein Lieber – der Rechtsknick, der's partout nicht über 100 mochte, und diese tückische *Arnage,* wo nach der 15. Runde schon lächerliche 70 km/h das Aus bedeuten konnten, weil dann alles verschmiert war von Öl und Reifenabrieb. Die Gerade! Die S-Kurve von *Maison Blanche,* die alles erlaubte, nur keinen Fahrfehler. Er blieb auf dem Gas, blieb auf 220 km/h, ja, er beschleunigte sogar noch. Er hatte dies Gefühl, und es sagte ihm, daß er gut war, so gut wie kein anderer.

Als er das helle Fleisch leuchten, eine löwenblonde Mähne gleißen sah in der Sonne, war es früher als bisher, weil sich Mona nämlich erhoben hatte und winkend reckte auf ihren endlos langen Beinen, und schon sah er auch, daß alles zusammengerannt war und brüllte und lachte und fuchtelte, und dann sah er den guten Eddie, der wie verrückt seine Tafel schwenkte – und auf dieser Tafel nichts als eine riesengroße Eins.

Das war's dann wohl. Poolposition! Erste Reihe, erster Platz für Klaus Rudnik, Deutschland! Er konnte auslaufen lassen, denn die Herren, die im Hintergrund die Drähte zogen, hatten ja nun, was sie wollten: einen Schrittmacher für den Favoriten Roy Gardiner, der ihn in seinem Windschatten nach vorne zog, um schließlich ehrerbietig Platz zu machen, damit der ›King‹ sich seinen nächsten Grand Prix hole und die noch fehlenden Punkte zum Championat.

Als er ins Fahrerlager rollte, warteten da schon die Reporter und alles mögliche Gesocks von Kerlen in lässigen Lederjacken und Weibern in dünnen T-Shirts, um über ihn herzufallen. Eddie war als erster bei ihm, als er noch mit dem Helm und der verschwitzten Kapuze der Brandschutzwäsche beschäftigt war.

Hinterm Rücken zauberte er einen Blumenstrauß hervor: »Gratulation – zum neuen Rundenrekord! Von mir, vom Chef, von uns allen.«

»Und – sonst?«

In Eddies Blick waren Sympathie, Verständnis, Mitgefühl, als er den Kopf schüttelte: »Sonst? Nichts! Es bleibt alles beim alten. – He, vergiß deine Rosen nicht!«

Die Fotografen wollten, daß er sich vorm Wohnwagen

auf einen Faltstuhl setze und Mona sich von hinten schmusend über ihn beuge, und als sie ihre lüsternen Erwartungen mehr als erfüllt sahen durch die glockenschweren, nicht mehr zu bändigenden Brüste einer üppigen Italienerin, vergaßen sie ihn, machten mit ihr alleine weiter und kriegten dann nicht einmal mit, wie er sich entfernte. Als er eine halbe Stunde später, frisch gemacht und umgezogen, zurückkam, war sein Mädel mit den Scheißkerlen verschwunden.

Er hatte Hunger, und noch mehr hatte er Durst, am drängendsten aber war das Verlangen, die pulsierende Erregung loszuwerden, die die Nervenanspannung und vor allem auch dies ständige Vibrieren, das sich im ungefederten Wagen Beckenboden und Steißbein mitteilte und daß sich unvermeidlich im Genital aufbaute.

Was er brauchte, war ein Steak, ein Berg Fritten, ein kühles Blondes, vor allem aber eine Frau, und zwar augenblicklich oder er platzte.

Er hätte es sogar riskiert, von Mona mit einer dieser T-Shirt-Miezen erwischt zu werden, die bloß darauf warteten, daß ein Fahrer sie bumste, doch die wimmelten natürlich längst wieder an der Strecke rum, vermutlich weil man ihnen weisgemacht hatte, der große Roy Gardiner unternehme einen Angriff auf die Bestzeit seines namenlosen Stallgefährten. Die berühmte Taube auf dem Dach – wo doch er mit dem Spatz in der Hand hätte dienen können – und nicht bloß einem ›Spatz‹ und natürlich auch nicht bloß in der Hand...

Nichts Weibliches weit und breit, und auch nichts Trinkbares in der Wohnwagen-Kühlbox außer diesem labbrigen Wermutzeug, mit dem die Fratelli Pitti nicht weniger Millionen machten als mit Reifen.

Sauer stapfte er zu Gardiners Wohnwagen rüber, um sich, wie in solchen Fällen unter den Kollegen üblich, an dessen Bar zu bedienen. Er fand haufenweise Whisky und schließlich auch Dosenbier. Im selben Moment, als er gierig zum Trinken ansetzte, sagte hinter ihm eine Frauenstimme auf Englisch: »Hi, Darling, wie kommt es, daß du schon...«

Gardiners Frau Jill stand in der Tür zum Schlafabteil des Wohnwagens – ohne das Geringste am Leib, mit weißer Haut und großen, mahagonifarbenen Brustwarzen und zwischen den Beinen ebenso fuchsrot wie auf dem Kopf. Sie ließ sich dort ungeniert betrachten und hielt sich mit der rechten Hand am Vorhang fest, während sie die linke zum Busen hob, doch offensichtlich weniger um ihn zu bedecken, als um ihn anzufassen.

Er sah sie an und konnte nichts sagen und sich nicht rühren, von heißer Gier durchflutet, und auch sie sagte nichts und stand nur so da, und das einzige, was sich bewegte, das war in ihrem schönen schmalen weißen Hals die Kehle.

Es war ganz still, still und heiß, das Motorengedröhn von der Strecke her nicht mehr zu hören, die Hitze wie in einem Backofen. Die Hände ausstreckend, die Füße hebend aus innerem Zwang heraus, setzte er sich in Bewegung, und auch sie, Jill Gardiner, gewann wieder Leben, doch nicht etwa um zu entfliehen, sondern um ihm, mit dem gleichen Händeausstrecken, entgegenzukommen.

Ihr Haar war wie Seide an seinem Gesicht, ihre Haut wie ein seltenes, kostbares Material unter seinen Fingern, ihr feminines Aroma wie eine Peitsche für seinen Trieb. Wenn sie ihm nicht geholfen hätte, wäre er unfähig gewesen, den Reißverschluß runterzukriegen, so sehr bebten seine Hände.

»O Gott!« murmelte sie, weniger erschrocken als erfreut, und wiederholte laut und jetzt nur noch erfreut: »O Gott...!«

Beschwörend umfing sie sein Gesicht: »Laß dir Zeit, bitte! Wir haben doch Zeit, oder?« Sie fuhr, als er bejahend nickte, fort: »Ich brauche nämlich Anlaufzeit, weißt du.« Dann lehnte sie sich, die Augen geschlossen, ihre Nippel dunkel und hart, in einer entzückenden Geste der Willfährigkeit aufs Bett zurück.

Jill Gardiner war vielleicht dreißig, also gerade nur vier Jahre älter, aber dennoch eine Lehrmeisterin. Er erfuhr viel von ihr über sich selbst und über Talente von ihm, von denen er bisher nichts geahnt hatte, weil sie für Mona Pitti nicht von Bedeutung waren. Er erfuhr vieles über die Liebe im allgemeinen (und im speziellen), und erfuhr so auch, daß er vor dieser hier noch nie eine richtige Frau gehabt hatte, sondern immer bloß Teenys, und es wäre der Himmel gewesen, wenn sie nicht, nachdem sie geächzt und geschrien und sich zwanghaft hin und her geworfen hatte beim Orgasmus, nach einem letzten Seufzer der Erlösung in sein Haar gegriffen hätte: »O Kläuschen...!«

Das holte ihn zurück. Holte ihn so brutal auf die Erde zurück, daß er, wie eine Ohrfeige, den Aufschlag spürte. Der Gedanke kam ihm, daß es gar nicht Liebe und noch nicht mal Sex sei, was ihn auf dies Kissenlager gebracht hatte, sondern nüchterne, kühle Berechnung. Vielleicht hatte Jill ja gar nicht wirklich nebenan geschlafen? Vielleicht wußte sie von Poolposition und Rundenrekord und den Chancen, die er hatte, ›King Roy‹ den goldenen Lorbeerkranz, auf den der sich abonniert glaubte, streitig zu machen? Vielleicht gehörte ja auch dieser Fick, so unbeschreiblich schön er gewesen war, zu den Regieeinfällen jener Herren im Hintergrund, die an den Drähten zogen?

Wortlos war er ihr zu Diensten, als sie um eine Zigarette bat. Wortlos und mehr paffend als rauchend lag er dann neben ihr. Und wortlos, aber verdammt hellhörig hörte er ihr zu, als sie ihm Komplimente machte wegen seiner Potenz. Und da kam auch schon das Stichwort: »Du bist gut, sehr gut – ungleich besser als Roy.«

»Und nicht bloß im Bett...!«

»Ich weiß.«

Er versteifte, vereiste geradezu.

Jill Gardiner faßte nach seiner Hand. »Er ist fertig. Er hat seit Jahren keinen richtigen Urlaub mehr gemacht. Und mit jeder Saison wird es schlimmer. Sein Magen revoltiert, wenn er vor einem Rennen auch nur Grießbrei ißt. Seine Bandscheibe ist hin, und seine Sexualnerven sind von den ewigen Vibrationen dünngefeilt. Wir schlafen kaum noch miteinander, weil er immer schon vorzeitig fertig ist.«

»Mit einem Wort – du willst, daß ich ihn gewinnen lasse?«

»Ich brauche Sex«, sagte sie. »Ich brauche einen richtigen Mann. Du tätest es nicht für ihn, sondern für mich. Und du dürftest auch, wann immer du willst, wiederkommen...«

Seine Zigarette ausdrückend, warf er sich mit Wucht über sie.

»Nein!« wehrte sie sich. »Nicht schon wieder! Ich kann nicht mehr, und du bist so groß!«

Doch er rang ihren Widerstand brutal nieder, und daß sie zu weinen begann, machte ihn nur noch wilder. Wieder kam es über sie, und sie vergaß sich und tobte, bis sie nicht mehr konnte.

Ihre irische weiße Haut war wie geronnene Milch und ihr Mund wund, und tiefbraune Schatten lagen unter ihren Augen, als er sie auf dem verwüsteten Lager zurückließ. Doch er spürte keinerlei Mitleid, sondern nur Genugtuung, und er lachte, lachte und ließ außer sämtlichem Bier auch noch eine Flasche von des ›Kings‹ teuerstem Whisky mitgehen.

Um 15.00 Uhr wurde das Rennen gestartet und schon von 15.30 Uhr an – als er die vierte einer ganzen Serie von Drei-Minuten-Runden ablieferte – bestand kein Zweifel mehr, daß es Klaus Rudnik sein würde, der sich den

Grand Prix von Frankreich holte. Roy Gardiner, obwohl wie ein Kläffer an seinen Hinterrädern, hatte trotz besserem Wagen auch nicht die Spur einer Chance. Alles andere war überrundet, die direkte Konkurrenz vom Pech verfolgt. Ayerton hatte einen schlechten Start erwischt, Alain gar einen Dreher gebaut, der ihn die Ölwanne kostete, so daß er sich mit Mühe und Not noch bis zu den Boxen schleppen konnte. Der Turbo von Klaus aber, der lief wie ein Uhrwerk.

Er sah Mona, die mit ihrem leuchtenden Fleisch und einem schwarzen Schlapphut wie ein sizilianischer Mafioso die Ziellinie signalisierte, und die sabbernde Meute der Fotoreporter, von denen sie sich wieder mal herumkriegen ließ, vornübergebeugt ihre Titten vorzuführen, und er dachte ingrimmig, daß sie nie mehr als ein Tit-girl sein würde, trotz aller Millionen. Und er sah Jill Gardiner in der Box daneben, die das grüne Strickmützchen aufgesetzt hatte, das so etwas wie ›King Roys‹ Talisman darstellte und die von ganz anderem Format war, einfach ein Klasseweib, und er dachte, daß ein Unterschied von vier Jahren eigentlich gar nicht viel sei und daß sie nicht die erste wäre, die von einem Rennfahrer auf einen anderen umstiege.

Und es machte ihm nicht das Geringste aus, sich all dies beim Fahren durch den Kopf gehen zu lassen, weil all die Handgriffe und Fußbewegungen, die das röhrende Uhrwerk steuerten, wie automatisch abliefen.

Außer *Mulsanne* und *Arnage* gab es überhaupt nur einen Punkt, welcher Aufmerksamkeit erforderte, und das war der Ölfleck, den Alains Wagen ausgeschissen hatte, bevor man ihn von der Strecke zog, blöderweise ausgangs der trügerischen *Maison Blanche*. Im Spiegel konnte er beobachten, daß es dem großen Gardiner hinter ihm, ›King‹ aller alten Hasen, jedesmal vor Angst die Augen aus dem Kopf trieb, wenn sie mit durchdrehenden Reifen quietschend drüberweg schlitterten.

Mona, mit ihrem idiotischen Hut winkend, und Eddie mit seiner Anzeigentafel, Jill Gardiner mit gerecktem Zeigefinger – die letzte Runde! Doch kein Lachen bei Eddie, eher Verdüsterung. Vielleicht weil er nun schon ahnte, daß er sich nicht an die Stallorder halten würde – heute nicht und nie mehr.

Er tauchte in die *Dunlop,* ohne nennenswert Tempo wegzunehmen, und ging die *Tertre Rouge* mit dem vierten Gang an anstatt wie bisher mit dem dritten und mit weit über den erlaubten 100 km/h, und tatsächlich konnte er seinen Schatten abhängen, jedoch nicht mehr als fünfzig, sechzig Meter, und das langte natürlich nicht, weil die der bessere Wagen mit seiner höheren Spitze auf den sechs Kilometern der *Les Hunaudières* wiedergutmachen konnte, und wirklich, als es in die *Mulsanne* ging, da hatte der alte Mann hinter ihm fast wieder aufgeschlossen. Wenn es ihm nicht gelang, ihn in der *Indianapolis* endgültig loszuwerden, hatte der Scheißer tatsächlich noch Chancen!

Als er aus der *Maison Blanche* schoß, Roy Gardiner wiederum abgehängt, doch unaufhaltsam aufschließend, da sah er quer und qualmend vor sich einen Wagen, den es auf dem Ölfleck gedreht hatte, und daß *er* ihn sah, bevor Gardiner ihn zu sehen vermochte, war ein einzigartiger Glückszufall, ja, mehr noch, ein Schicksalswink.

Hinter sich sah er Gardiner ärgerlich Zeichen geben, endlich wie abgemacht Platz zu machen, vor sich – wie einen Fotoschnappschuß, der das Bild fixierte – den Mann mit der schon gehobenen schwarzweiß lackierten Flagge, das leuchtende Fleisch und den Mafiaschlapphut – und das putzige grüne Strickmützchen. Er hielt die Linie und wich nicht. Sondern zog erst nach rechts, als dieser Quersteher schon fast erreicht und auf jeden Fall zu nahe war, als daß ein in diesem Moment Überholender ihm ausweichen konnte.

Den Knall des Aufpralls hörte er, sah auch noch ein

hoch in die Luft steigendes Rad, aber mehr nicht, weil er das Bild der geschwenkten Flagge nicht missen wollte, das sich ebenso in seinem Gedächtnis einbrannte wie das eines gewissen fuchsroten Dreiecks und eines grünen Wollmützchens.

Er ließ gemächlich ausrollen und sich zu einer Ehrenrunde von der *Dunlop* aufnehmen. Er war hungrig und durstig, verschwitzt, geil und glücklich.

Pünktlich wie immer

»Ein Telegramm mit Trauerrand«, hatte der Mann vor der Tür gesagt, sonst würde Vera Kaub bestimmt nicht aufgemacht haben. Doch es war kein Telegramm, was er ihr entgegenhielt, sondern eine Pistole, und mit der drängte er sie sofort ins Hausinnere.

»So«, sagte er, den prallgefüllten Sportsack abstellend, den er mit sich schleppte, »jetzt können wir es uns gemütlich machen.«

Er trat ans Wohnzimmerfenster und schaute auf die Vorstadtstraße, die friedlich und menschenleer in der Morgensonne lag; die Zufriedenheit darüber, daß sich nichts an diesem Zustand änderte, zeigte sein breites Grinsen. Ein großer, sportlicher Mann, pockennarbig zwar, aber trotzdem viel zu gut aussehend, als daß er für einen Verbrecher hätte gehalten werden können. Ein Typ, wie Vera Kaub ihn schon ein paarmal im Fernsehen gesehen hatte.

»Hast du Kaffee?«

Vera Kaub mußte an diesen Typ im Fernsehen denken. Sie mußte überhaupt ans Fernsehen denken. Ihr war, als geschehe alles nur im Film. Aber der Stoß war echt, den der Mann ihr mit der Pistolenmündung gab: »He, du! Ob Kaffee da ist?«

»Ich... Ich hab' schon gefrühstückt.«

Der Mann grinste. »Das weiß ich selber. Punkt sieben Uhr fünfzehn. Du frühstückst mit deinem Mann. Und der geht sieben Uhr vierzig aus 'm Haus. Und drei Minuten später ist er mit dem Auto um die Ecke – und die Luft ist rein. Netter Kerl übrigens. Will sagen, er macht 'n guten Eindruck. Zufrieden mit der Ehe?«

Vera Kaub sah ihn an. Jetzt erst, in diesem Moment, war sie richtig erschrocken. Aus dem Wirrwarr von Gedanken, die ihren Kopf wie Feuerwerk füllten, löste sich einer: Dies war geplant; der Mann ein Profi! Und wenn sie mit heiler Haut davonkommen wollte, würde sie sehr aufpassen müssen.

»Ich werde Kaffee machen.«

Der Mann winkte sie fort, um ihr in die Küche nachzurufen: »Übrigens, die Puste hat 'nen Schalldämpfer, und wenn sie ›Plopp‹ macht, dann ist das nicht lauter, als wenn ein Ball auf 'nen Teppich fällt. Kapiert?«

Als Vera Kaub mit dem Kaffee zurückkam, war der Inhalt des Sportsacks auf dem Tisch geleert worden – ein Haufen gebündeltes Geld, das der Mann beiseiteschob, um Platz zu schaffen für das Geschirr. Doch als sie an die Anrichte trat und sie öffnete, war er mit einem Satz hinter ihr: »He, was soll...« Er guckte die Tischdecke an, welche sie herausgenommen hatte, dann fragte er sie: »Sag mal – spinnst du?«

Vera Kaub schwieg. Was hätte sie auch sagen sollen? Daß sie gehandelt hatte wie ein Automat?

Er lenkte ein: »Na, nu mach mal ruhig. Hast ja recht, ist gemütlicher. Und zum Zählen haben wir immer noch Zeit.«

Es waren hundertvierundneunzigtausend Mark, wie sich ergab. Vera Kaub hätte auf mehr getippt, denn die sortierten Bündel bedeckten den gesamten Tisch.

»Ihr habt doch Koffer, wie?«

Es war diese Frage, mit der Vera schon während des Zählens gerechnet und die sie nervöser und nervöser gemacht hatte, denn die Koffer waren oben im Schlafzimmer, und das Schlafzimmer war noch nicht gemacht. Die Betten waren aufgeschlagen, das Shorty lag rum, das sie zum Schlafen trug, und ihre Wäsche von gestern, BH,

Slip, ein schwarzseidener Strumpfhaltergürtel mit Spitzenbesatz.

»Ich hole sie«, sagte sie betont leichthin. »Einen oder zwei?«

»Ich komm' mit.«

»Aber ich laufe nicht fort. Bestimmt nicht. Und ich schreie auch nicht aus dem Fenster.«

»Weiß ich doch«, sagte er, sie um die Schultern nehmend, »dazu bist du nicht impulsiv genug.« Er grinste sie an. »Was meinst du, warum ich mir ein Hausmütterchen ausgesucht habe, bevor ich die Bank beehrte?«

Er nahm den Arm nicht wieder weg, und während sie so nebeneinander die Treppe hinaufstiegen, knetete er mit den Fingern Schulter und Oberarm. »Fühlst dich gut an, Mädchen, für Mitte dreißig.«

Vor der Schlafzimmertür hielt sie inne, um einen letzten Versuch zu wagen: »Wenn Sie einen Augenblick . . .«

Er sah sie mit absoluter Verständnislosigkeit an. »Ich glaub', du spinnst wirklich. Und gleich so sehr, daß es schon wieder gefährlich wird.« Mit einem Fußtritt machte er die Tür auf. »Los!«

Im Schlafzimmer entdeckte er sofort das Shorty. Um es aufnehmen und zwischen beiden Händen gegen das Licht halten zu können, streckte er sogar die Pistole weg. »So was trägst du?« Dann sah er die Wäsche. »Und Strumpfhalter? Richtig mit Strapsen? Menschenskind, und ich dacht' immer, das gibt's nur noch für Shows. Im Kino, im Puff, in Porno-Heften.«

Er hatte das Dingelchen – nachtschwarz und schimmernd, nur ein Hauch – in seiner Hand bewegt. Als er sich jetzt umdrehte, geschah es sehr langsam. Sein Blick war anders und seine Stimme auch. »Hast du jetzt auch so eines an?«

»Ja«, sagte Vera, »immer. Ich meine, immer wenn ich Strümpfe . . .« Sie wollte es ihm erklären, doch sie bekam Angst.

Der Mann kam auf sie zu, während die eine Hand von ihm weiterhin spielerisch den Strumpfhaltergürtel bewegte. Vera fühlte sich starr. Die Schlange und das Kaninchen, fiel ihr ein. Es hieß, daß die Schlange das Kaninchen hypnotisierte, so daß es unfähig wurde, die Flucht zu ergreifen, und sich widerstandslos fressen lassen mußte.

Aber der Mann faßte sie nicht an, und wenn er durchschaute, was in ihr vorging, so ließ er es sich jedenfalls nicht anmerken. »Die Koffer!« sagte er rauh. »Ich will nicht Wurzeln schlagen.«

»Sie sind oben im Schrank«, sagte sie gepreßt.

»Dann hol sie doch runter.«

Als sie auf den Tritt gestiegen war, hob er ihr frech das Kleid: »Tatsache – Strapse!«

Sein Tonfall war wieder der alte. Den Strumpfhaltergürtel von ihr steckte er ein. »Den verehrst du mir, hm?«

Nachdem das Geld eingepackt war, wurde es still zwischen ihnen. Die Zeit schlich. Als der Kaffee ausgetrunken war, forderte der Mann neuen. Sein Ton war barsch und kommandierend, aber Vera Kaub war sich sicher, daß es nicht so gemeint war. Der Mann übertrieb; in Wahrheit war er befangen. Sie hatte dies Gefühl, seit sie aus dem Schlafzimmer herunter gekommen waren, und es wurde immer deutlicher. Der Mann war unsicher. Er war sich nicht mehr sicher, ob es richtig gewesen war, sich ausgerechnet dieses Haus in der Zeile der vielen Reihenhäuser als Zuflucht auszusuchen. Er hatte geglaubt, alles über sie und das Zusammenleben mit ihrem Mann und die Gewohnheiten zu wissen, die sich mit den Jahren aus dem Umstand ergeben hatten, daß Manfred Kaub Punkt acht im Büro des City-Kaufhauses zu sein hatte, doch nun war alles über den Haufen geworfen – durch ein schimmerndes Dingelchen mit Strapsen. Der Mann wußte alles über sie – nur nicht, wie er sie einzuschätzen hatte.

Es kam, so lautete die Folgerung, die Vera Kaub zog, während sie den Kaffee filterte, darauf an, was sie aus dieser veränderten Situation machte, und sie wußte auch schon, wo ihre Chancen lagen. Immerhin war es ihr gelungen, auch in diesen Kaffee zwei von den Schlaftabletten zu tun, die ihr Mann immer nahm.

Sich in den Lesesessel setzend, schlug sie die Beine übereinander, um sich, als der Mann den Blick auf sie richtete, seitwärts so zu dem Behälter mit den Zeitschriften hinunterzubeugen, daß ihr der Kleidsaum auf den Oberschenkel hinaufrutschte; sie ließ sich Zeit mit dem Aussuchen.

Doch als sie sich schließlich zurückwandte, da war das einzige, was sie in seinem zernarbten Gesicht entdecken konnte, Häme und Spott. »Du hältst dich wohl für sehr schlau, wie? Und dabei bist du auf'n Telegramm mit Trauerrand reingefallen. So was gibt's doch gar nicht, Mensch! Denn egal, wie das Telegramm aussieht, es steckt immer in 'nem Kuvert.«

Sie nahm all ihren Mut zusammen und lächelte ihn an. »Und wenn ich gar nicht reingefallen bin?«

»Hm?«

Sie lachte kokett auf. »Grüne Witwe. Schon mal davon gehört?«

»Ach, Unsinn«, winkte er ab. »Ich hab' das Haus wochenlang beobachtet. Der Telegrammbote, den du vernaschst, der muß erst noch geboren werden.«

Vera zog beschämt das Kleid zurecht. Ihr war elend, richtig übel, und ihr Mut sank.

»Kannst dir ruhig zu schaffen machen im Haus«, sagte er gönnerhaft. »Wirst ja doch nicht anders können.« Er sah auf seine Uhr. »Wir haben noch neun Stunden Zeit. Heut ist Neumond, und sobald es finster ist, nehm' ich den Wagen von deinem Mann und hau' ab.«

Um halb elf kam der Briefträger, doch nur mit Reklamen, um zwölf ein Staubsauger-Reisender, den Vera durch die Tür abfertigte. Dann war Zeit zum Essen (wofür Fleisch und andere Vorräte genügend vorhanden waren im Kühlschrank), und danach begann sich die Zeit zu dehnen wie Gummi.

Es war gegen drei am Nachmittag, als Vera Kaub bemerkte, daß der Mann die Hand in der Hosentasche hatte. Er hatte sie, so wurde ihr bewußt, schon eine ganze Weile dort – und es war die Hosentasche mit ihrem Strumpfhaltergürtel.

Als es keine fünf Minuten später klingelte, war es eine Nachbarin. »Entschuldigen Sie, Liebste, aber ich bin ohne einen Tropfen Kaffeesahne, und meine Schwiegermutter ist gekommen.«

Der Mann, der zur Haustür mitgeschlichen war, schüttelte energisch mit dem Kopf und entsicherte die Pistole.

»Ja, ich weiß gar nicht, ob...«

»Sie haben bestimmt welche, Liebste. Sie haben gestern eine Sechserpackung mitgenommen, im ›Super‹, wie ich gesehen habe, sonst wäre ich ja gar nicht...«

Der Mann bekam schmale Augen, die ihn aussehen ließen wie einen Wolf. Seine Pistole war drohend ausgestreckt. Kein Grinsen mehr zu sehen.

»Ach ja, natürlich. Ich hol' Ihnen was. Moment.«

Vera Kaub eilte in die Küche. Ihr war eine Idee gekommen. Es brauchte nur Sekunden, dann hatte sie das Kleid ausgezogen und den Kopf unter den Wasserhahn gehalten. Und schon war sie wieder zurück an der Tür, machte sie einen Spaltbreit auf und streckte die Milch, einen nackten Arm und ihren nassen Kopf hinaus und sagte: »Sie müssen entschuldigen, aber ich bin gerade beim Kopfwaschen.«

Die Tür fiel ins Schloß. Die Schritte draußen entfernten sich.

»Gut gemacht«, nickte der Mann. »Alle Achtung, ein guter Einfall.«

Er meinte es so, wie er es sagte, und ahnte noch von nichts. Sich ins Wohnzimmer zurückwendend, wurde er erst stutzig, als sie nicht mitkam. »Was ist?«

»Aber ich muß mich doch umziehen.«

Vera Kaub zeigte an sich herunter. Auf den BH, der durch die Nässe durchsichtig geworden war, und auf einen Slip wie aus Milchglas. Würde er den Köder schlukken?

Als sie oben war und vor dem geöffneten Schrank stand, bemerkte sie im Spiegel, daß hinter ihr leise die Tür aufging. Sie sah sofort wieder weg und benahm sich, als wäre nichts – als sei sie vielmehr mutterseelenallein und auf nichts anderes aus, als sich umzuziehen.

Als der Mann sie vom Rücken her umfaßte, erschrak sie, doch war es ein freudiger Schreck, das Aufwallen von Triumphgefühl. Der Mann stöhnte auf, und sein Atem war heiß an ihrem Nacken, als er seine Lippen darüber gleiten ließ. Doch als sie die in seinem Hosenbund steckende Pistole fühlte, die sich hart gegen ihre Lende preßte, da war klar, daß das Spiel noch längst nicht gewonnen war.

Was dann kam, war weniger schlimm als sie befürchtet hatte. Das Schicksal meinte es gnädig mit ihr. Vera Kaub war nicht verkrampft, war aber auch nicht bereit. Wenn sie etwas fühlte, so war es nur, daß da ein Mann in ihr war.

Die Pistole lag zwar in Reichweite neben ihr auf dem Nachttisch, doch wäre es sinnlos gewesen, danach langen zu wollen, denn sie hätte, wenn überhaupt, damit nur zur Seite schießen können, auf dem Rücken festgenagelt wie sie war. Sie ächzte. Es war aus Enttäuschung. Er aber mißverstand es und grinste.

Erst später, eine ganze Weile später, gelangte sie in die richtige Position, nämlich über ihn. Und nun unterlief ihm ein erneuter Irrtum, der folgenschwerste und endgültige – denn als sie sich von ihm hob, um nach der Pistole zu greifen, da rollte er sich geschwächt und erschöpft zur Seite. Jetzt erst wirkte wohl das Schlafmittel.

Sie hob die Pistole und ließ diesen Hebel an der Seite knacken. Doch er reagierte nicht. Er hatte es gar nicht mitgekriegt. Er schlief.

Und war noch immer im tiefsten Schlaf, als sich schon die Stahlfesseln um seine Hände schlossen. Ein gewisser Polzke, wie die Kriminalbeamten erklärten, Arnim Polzke, schon lange gesucht und im höchsten Maße gefährlich.

Als ihr Mann kam – pünktlich wie immer –, da hatte Vera Kaub sich schon ausgeweint und einen kleinen Schwips von dem ungewohnten Cognac, den ihr die Polizisten als Beruhigungsmittel empfohlen hatten. »O Gott, Liebling, du ahnst ja nicht, was hier inzwischen passiert...«

»Gleich, Schatzi, gleich.« Manfred Kaub brachte ein paar Schachteln zum Vorschein, um sie ihr in die Hände zu drücken. »Also bei uns geht diese Art Wäsche nicht – und wenn mein sparsames Hausmütterchen nicht wäre, dann müßten wir sie glatt wegschmeißen.«

Die Stunde der Verführung

Wie der Zufall so spielt – weil die Frauenzeitschriften alle ausgeteilt waren, holte mir die Friseuse etwas von drüben aus dem Herrensalon, ein etwas anrüchiges Journal, worin ich dann – in den Spalten mit den Leserzuschriften – auf folgende Veröffentlichung stieß:

Schon des öfteren, hieß es zunächst unverfänglich, sei der Schreiber in Erstaunen versetzt worden durch die Erlebnisse, mit denen sich andere Leser zu Wort meldeten, doch habe er immer Zweifel gehegt, ob derlei tatsächlich geschehen könne, bis es ihm nun selbst passierte.

Und dann ging's los:

›Ich war allein in Urlaub gefahren, weil meine Frau, eine Chefsekretärin in einem Entwicklungslabor, plötzlich Terminschwierigkeiten kriegte, und benutzte die Gelegenheit, um mal so richtig faul zu sein. Die Örtlichkeit war wie geschaffen dazu, ein kleiner See in Österreich ohne nennenswerte Sehenswürdigkeiten in der Umgebung. Morgens ging ich ans Wasser, nur zu den Mahlzeiten wieder ins Hotel zurück, ich nahm nicht mal eine Zeitung mit, sondern aalte mich und döste.

Es war an einem hochsommerlichen, gewitterschwülen Tag, als ich in etlicher Entfernung eine Frau bemerkte. Sie trug einen schwarzen Badeanzug, war blond, schlank, schätzungsweise Mitte zwanzig. Ich kann nicht sagen, ob sie schon lange dort gelegen und mich womöglich insgeheim beobachtet hatte; sie war mir fremd, und es war auch nichts an ihr, wodurch sie Aufmerksamkeit hätte erregen können.

Doch irgendwie war da etwas zwischen uns, spürbar über die gut zwanzig Meter hinweg – ein Kontakt der Gefühle, eine Art Verbundensein, ja Übereinstimmung. Und das merkwürdigste daran war, daß wir uns überhaupt nicht ansahen, denn sie wendete nicht einen Augenblick den Kopf. Vielleicht war es diese in der Luft liegende Elektrizität, die uns – weil wir dieselbe innere Spannung hatten – miteinander verband.

Was meine ›Spannung‹ anbelangte, so war sie bald eine recht eindeutige. Ich spürte Lust wie selten zuvor, und schließlich war mein ganzes Denken und Fühlen nur noch darauf gerichtet, diese Frau in Besitz nehmen zu können. Am besten gleich. Und falls es so etwas wie Gedankenübertragung gibt, dann muß sie nun stattgefunden haben; denn während ich noch überlegte, wie die Sache zu deichseln sei, stand die Frau plötzlich auf und kam auf mich zu, ging dicht vorbei und in schnurgerader Richtung weiter und ins Wasser, um zur anderen Seite des Sees, der hier eine schmale, flache, verschilfte Bucht bildete, hinüberzuschwimmen. Ich auf und hinterher! Vor meinen Augen das Bild des Zwickels in dem schwarzen Badeanzug, der aufregend bugartig gebauscht war.

Sie wartete nicht, drehte sich nicht mal um, sondern ging, als sie angekommen war, aus dem Wasser und geradewegs in das Schilf hinein – vielleicht weil ihr eine innere Stimme sagte, daß alles in Ordnung sei und ich hinter ihr.

Schon nach zehn, zwölf Schritten war der schwarze Badeanzug zu sehen. Die Frau war stehengeblieben. Die Arme hingen herab, auch der Kopf, und so wie sie ihre Rückfront darbot, einen drallen, naßglänzenden Hintern, aber auch den schmalen hellen Nacken, wirkte sie ebenso herausfordernd wie verletzlich. Als ich von hinten um ihren Leib griff, seufzte sie auf.

Seufzte tief auf und legte meine Hände auf ihre Brüste,

ging langsam in die Knie, während sie schon die Träger von den Schultern streifte, und machte ganz zum Schluß eine jähe Drehung, so daß ich nicht mehr hinter ihr, sondern vor ihr war, zog den Badeanzug aus und die Knie an, und ein wilder, wütender Ausdruck kam in ihren Blick, weil ich zögerte, denn das Liebesnest aus Schilf war so zerbrechlich, daß sie, ohne mit mir belastet zu sein, schon halb im Wasser lag, einem braunen, blasigen Moorwasser.

Es mag damit zusammenhängen, daß ich immer nur auf dies Wasser gesehen habe und die darin verursachten Blasen und schwappenden Wellen, wenn ich mich nicht erinnern kann, wie die Frau überhaupt aussah.

Ich weiß nichts von ihrem Gesicht, weder von den Augen noch von dem Mund. Sie war blond, das ist alles. Denn blond und flimmernd waren die feinen Härchen, die den gebräunten Körper überzogen. Und sie war jung. Und gut. Sie war sogar sehr gut.

Heute würde ich wünschen, es hätte länger dauern mögen, über Stunden, aber ich war viel zu hastig dazu. Kaum eine Minute, und ich war da. Doch hatte ich den Eindruck, daß es ihr durchaus recht sei so.

Sie ist dann aufgestanden, langsam und ohne Eile, und in den Badeanzug gestiegen und – mit einem kleinen, raschen Lächeln – an mir vorbei den ins Schilf getretenen Pfad zurückgegangen. Als ich das Ufer erreichte, war sie schon im Wasser, und als ich drüben ankam, wieder auf ihrem Platz. Sie sah mir nicht entgegen, im Gegenteil, es wirkte eher, als ob sie wegsehe, und darum bin ich dann auch nicht hingegangen.

Sie blieb, bis die Sonne sank, noch etwa drei Stunden, doch war dieser Kontakt nicht mehr da. Als sie ging, habe ich nichts davon bemerkt. Erst da – die Sache noch einmal in Gedanken durchspielend – kam mir zu Bewußtsein, daß wir noch nicht mal die Namen voneinander wußten. Alles war absolut stumm abgelaufen. Und alles, was ich weiß ist, eine blonde Frau in einem schwarzen Badeanzug besessen zu haben. Eine in jedem Sinn einmalige Geliebte.‹

Dies die Geschichte, von deren Erzähler nur Buchstaben verraten wurden: K. P. in M.

K. P. in M.

Wahrscheinlich habe ich unwillkürlich gelächelt, während ich stumm die Buchstaben wiederholte, denn die Friseuse wurde aufmerksam und fragte, um was es denn gehe. Sie blickte mir über die Schulter: »Ach das. Widerlich, nicht? Wir haben uns hier drüber unterhalten. Die Chefin meint auch, es wär' geschwindelt. Muß ja. So eine Frau gibt es doch nicht.«

Ich schwieg. Und was hätt' ich auch sagen sollen? Etwa: Doch, so eine Frau gibt's – sie sitzt vor ihnen?!

Die Geschichte ist keineswegs geschwindelt. Sie stimmt. Von Einzelheiten abgesehen, die für einen Mann nicht so wichtig sein mögen. Zum Beispiel die Stelle, wo er der Frau, also mir, vom Rücken her um den Körper greift.

Ich habe seine Hände auf meine Brüste getan, das ist richtig – aber nicht, weil ich so wild war, sondern weil er mit ihnen zwischen meine Beine wollte, und zwar sofort, und dagegen hab' ich was. Und die Träger runtergemacht hab' ich auch nur darum, weil es ein unangenehmes Gefühl war, seine Hände auf dem nassen Zeug zu fühlen. Meine Brustwarzen schrumpften schmerzhaft.

Und dann: der ›wilde, wütende Blick‹...

O Gott, ja! Ich kann ganz schön bös gucken, wenn ich wütend bin. Und ich *war* wütend! Ich war bereit, wollte ihn haben, wollte ihn spüren – er aber zögerte, und ich dachte entsetzt: Um Himmels willen, er wird doch nicht etwa auf den Einfall kommen, vorzuschlagen, daß wir besser ins Hotel gehen sollten?

Denn das würde ich nie getan haben, nie. Es ging nur so. Hier und sofort. Wenn jemand daran ist, vor Hunger draufzugehen, dann kann man ihm das Brot nicht wieder wegnehmen, welches er schon in Händen hat, es gehörten eigentlich Butter dazu und ein Tischtuch und so. Oder?

Ich habe immer wissen wollen, warum er gezögert hat. Also: wegen des Wassers. Aus Furcht, mich zu ertränken. Lieb von ihm. Ich selber habe von Wasser nichts bemerkt. ›Braunes, blasiges Moorwasser‹. Igitt! Darum also hat er an mir vorbeigeschaut, und ich habe immer gedacht: Warum sieht er dich denn nicht an? Warum küßt er dich nicht einmal?

Nett ist, was er da über meine vier Buchstaben sagt und über meinen Nacken.

Ich habe mich gleich zu Hause beschaut, als ich vom Friseur kam. Hab' diesen schwarzseidenen Badeanzug angezogen und mich vor den Spiegel gestellt. Und dann auch ohne. Er hat nämlich recht, da unten ist tatsächlich mehr als bei anderen Frauen, richtig so ein Polster, weil der Venushügel bei mir stark ausgebildet und das Haar darauf fest und drahtig ist. Aber daß das so auffällt? ›Bugartig‹. Ts, ts...

Nur eines stimmt ganz und gar nicht, und das ist die Sache mit dem Namen. Ich habe den seinen gewußt. Und wie ich ihn gewußt habe. Nur darum überhaupt ist ja doch alles passiert. Poschmann. Klaus Poschmann. Das ›Kläuschen‹. Es war mir eingehämmert worden in den drei Jahren, seit meine Mitschülerin und Kollegin Erika diesen Menschen geheiratet hatte.

Eigentlich ist sie nicht der Typ, Schlafzimmergeheimnisse auszubreiten. Es muß, so denk' ich mir, damit zusammenhängen, daß sie Sekretärin bei Dr. Springori ist, der einen Ruf hat wie Donnerhall bei uns im Werk. Ein Schürzenjäger von der übelsten Sorte. So auf die Tour:

»Wie wollen Sie denn im Leben vorankommen, Schätzchen, wenn Sie nicht mal soviel Selbstvertrauen haben, 'n bißchen Knie von sich zu zeigen?« Armleuchter! Die Vorgängerin von Erika hat gehen müssen, weil da was mit Abtreibung war oder so, und einmal sollen die beiden vom Nachtwächter überrascht worden sein, wie sie's im Fahrstuhl trieben, erzählt man sich.

Nehmen wir also an, die Erika hätte nur darum über ihr Eheleben geplaudert, um allem Klatsch von vornherein den Wind aus den Segeln zu nehmen. Sie hat ja nicht wissen können, daß da eine dumme Pute wie ich zuhorcht, die einen Verlobten hat, aber gräßliche Zweifel, ob es auch der Richtige sei, und alles in sich aufsaugt wie ein Schwamm.

Ich habe nie für Filmstars geschwärmt. Ich habe nie begreifen können, was Frauen an das Grab von Rudolph Valentino oder James Dean treibt. Bis das mit Klaus Poschmann passierte – lange bevor wirklich was passierte. ›Kläuschen‹ wurde zu einem Schwarm, wie ihn schlimmer kein Teenager haben kann, und dabei war ich doch schon vierundzwanzig und nicht ohne einige Erfahrung.

Bis dahin hatte ich meine Bekannten immer nur mit meinem Vater verglichen. Das war für niemand ein Handicap; Papa ist nicht gerade ein Valentino. Aber nun fing ich an, Vergleiche anzustellen mit jemand, der ein wahres Wunder war an Fantasie, an Geist, an Eleganz, an Zuvorkommenheit und natürlich an Zärtlichkeit und vor allem Potenz.

Junge, was dieser Mann zustande brachte! Hab' nie gedacht, daß eine Frau das aushalten kann, viermal pro Nacht. Aber Erika schien es nicht nur nichts auszumachen, sie war richtig aufgeblüht in der Ehe.

Natürlich war immer alles übertrieben, das war mir klar; es gibt so ein Wunder nicht unter den Männern. Doch wenn nur die Hälfte stimmte, so sagte ich mir, dann mußte es ein Exemplar wie diesen Poschmann noch ein zweitesmal geben – und warum dann nicht auch für mich?!

Es war nach dem Knatsch in der Nacht, wo ich meinen Verlobten aus Versehen mit ›Kläuschen‹ anredete, als ich blaumachte und loskutschierte. Mit ganz bestimmtem Ziel. Zum Rosensee hinter Villach. Zu meinem Wunderknaben – Erika hatte ja laut genug getönt, ihn dort zu wissen, so weit weg von ihr und ihrem Bett.

Gleich anderntags fuhr ich von meinem Veldener Hotel aus rüber: »Bei Ihnen wohnt doch ein Herr Poschmann...«

Wenn sie gefragt hätten, hätte ich gesagt, ich sei eine Kollegin und es handele sich um eine Überraschung, aber sie fragten nicht. Herr Poschmann, gaben sie Auskunft, sei unten am Wasser. Ein Schmaler, Dunkler. Mittelgroß. Das Badetuch wie die amerikanische Flagge. Gar nicht zu verwechseln.

»Ja, ja«, sagte ich, »ich weiß.« Dabei wußte ich gar nichts; was geben Hochzeitsfotos schon her, wenn sie die Runde machen in einem Büro mit vierzehn hippeligen Weibsen? Und überhaupt – ist ein Wunder fotografierbar?

Verrückt, aber ich kriegte doch tatsächlich weiche Knie, als ich ihn sah. Und das war auch der Grund, warum ich mich ein Stück weg gelagert habe. Ich glaube, ich wär' sonst an meiner eigenen Aufgeregtheit erstickt. Aber so ging es. Ging es gerade noch. Denn ich mußte immerfort denken: Das ist er! Das ist Poschmann. Klaus. Kläuschen! Dies ist er – aber was nun? Sollst du ihn ansprechen? Sollst du einen Flirt abziehen und dich ansprechen lassen? Doch ging das denn überhaupt – vielleicht kannte er ja meinen Namen, wußte, daß ich eine Kollegin war von Erika, würde ihr also wohl erzählen von unserer Begegnung.

Verdammt, dachte ich, was hast du dir da bloß eingebrockt! Und das Schlimmste war, daß ich seinen Blick auf mir spürte mit einer Frage, die alles mögliche bedeuten mochte. Zum Beispiel: Woher kennst du diese Frau? (Es gibt ja Fotos, wo ich mit Erika drauf bin.) Am liebsten wär mir gewesen, wenn das Gewitter, das in der Luft hing, losgebrochen wäre. Dann hätte ich mich verkrümeln können.

Aber es gab kein Gewitter, gab keine Erlösung. Ich blieb. Es war eine Quälerei. Ich litt. Doch es war schön, auf diese Art zu leiden und gequält zu werden. Und wurde immer noch schöner.

Man kann nicht Stunde um Stunde von einem Mann angesehen werden, ohne daß sich was rührt. Man ist ja nicht aus Stein.

Meine Lust auf Liebe wurde so mächtig, daß ich aufstand und losging, wie in Trance und ohne es eigentlich zu wollen, einem Trieb gehorchend, und mir erst beim Gehen überlegte: Ach was, sprichst ihn einfach an, alles andere wird sich ergeben, und morgen früh wirst du endlich wissen, was Erika den Mund so vollnehmen läßt.

Ich ging also stracks auf ihn zu – und ging dann doch vorbei. Nicht weil mich der Mut verlassen hätte, sondern weil ich es plötzlich unnötig fand, überhaupt Worte zu machen. Dies war Kläuschen, und ich kannte ihn. Mein Gott, ich kannte mehr von ihm als von jedem andern Mann sonst auf der Welt, meinen Verlobten eingeschlossen! Ich war so sicher, daß er hinter mir herkommen würde, daß ich einfach weiterging. Ein Mann, der soviel Maskulines aufzuweisen hat, *muß* einfach hinter einer Frau hergehen, die so zu spüren gibt wie ich, wie sehr sie einen Mann braucht – oder aber er ist keiner.

Zuerst war es nur eine Art Spiel. Ich ging ins Wasser. Er ging ins Wasser. Ich schwamm nach drüben. Er schwamm nach drüben. Wenn ich einen Bogen beschrieben hätte, würde er auch einen Bogen beschrieben haben, ich war sicher. Ich war so sicher, daß ich ans Ufer stieg und ins Schilf ging und stehenblieb, um zuzuhören in der sirrenden Stille des Mittags, wie er aus dem Wasser kam und in das Schilf.

Dann wollte ich weiter voran. Doch es ging nicht. Meine Beine gehorchten mir nicht mehr. Mein Blut sirrte wie die Stille ringsum. Der Mann hinter mir war nicht mehr nur der Mann, den ich kannte, er war der Mann, mit dem ich schon geschlafen hatte – oft genug und immer wieder, wenn mein Verlobter mich umarmte –, war der Mann schlechthin, und es war also nur logisch, wieder mit ihm zu schlafen, jetzt und hier und gleich – einfach weil ich Lust dazu hatte.

Tief aufgeseufzt soll ich haben, als er mich anfaßte? Ich wüßt' nicht, warum. Es gab keinen Grund. Oder vielleicht doch. Unbewußt. Ich war so voller Begierde, so offen, so bereit. Ich war so... So war mir noch nie. Andernfalls würde mir bestimmt das moorige Wasser etwas ausgemacht haben, denn ich graul' mich wahnsinnig vor Fröschen.

›Blasen und schwappende Wellen‹... Es war ganz schön verrückt.

Schön verrückt. Schön.

So schön, wie ich es mir ausgemalt hatte. Ich will ehrlich sein: So schön wie die Liebe immer – nicht mehr und nicht weniger. Ein Wunder jedenfalls ist nicht geschehen. Der Rosensee hat nicht gekocht. Die Welt steht noch.

War ich enttäuscht? Im Grunde nicht, denn Klaus Poschmann hat mich glücklich gemacht.

Und das ist auch nur logisch, denn er hatte mich ja immer glücklich gemacht – damals noch in der Gestalt meines Verlobten. Und er macht mich heut' noch glücklich, denn natürlich hab' ich diesen Verlobten schleunigst geheiratet, als ich merkte, daß ich da mein kleines Wunder ganz für mich hatte. Gleich nachdem ich von meiner

Wallfahrt zum Rosensee zurückgekommen war. Kurz und schmerzlos, im engsten Kreis. Aber natürlich mit Erika, die habe ich einladen müssen aus alter Freundschaft – und auch ihren Mann...

Ich weiß nicht, ob er mich wiedererkannt hat. Ich glaube nicht. Bärbel...? Er hat meinen Namen wiederholt und mich groß angesehen – aber so, wie man wen ansieht, der einen an jemand erinnert. Wir alle sind seither befreundet, und Klaus – übrigens ein netter Kerl, weder Sexprotz nach Hallodri – hat nie auch nur eine Anspielung gemacht.

Und seit ich unsere Geschichte veröffentlicht gesehen habe, bin ich mir ganz sicher. Würde er sonst geschrieben haben, daß er nicht mehr von dieser Frau weiß, als daß sie blond war? Ich habe große grüne Augen, und sie sind überhaupt das Hübscheste an mir. Von dem runden Popo mal abgesehen – und anderen Rundungen.

›Bugartig!‹ Ts, was Männern so einfällt!

Barbara S. – Bärbel genannt. Oder auch – von ihrem verliebten Mann – Babsi.

Ich hab' gedacht, ich seh' nicht recht, wie sie mir da im Brautkleid entgegentritt. Mensch, Klaus, habe ich gedacht, das ist doch die, die du da am Rosensee im Schilf... Also ehrlich, ich hab' mich nur schwer fangen können.

Aber es ist doch nur eine gewisse Ähnlichkeit, ich habe Gelegenheit gehabt, sie zu beobachten. Bärbel ist eine durchaus ansehnliche Frau, auch sexy – aber anders als jene damals hat sie nichts von einer Wildkatze, einer Sexbesessenen, die ihrem Körper ebenso frei und unbedenklich Befriedigung verschafft wie sonst nur ein Mann. Könnt' schwören, daß sie sogar treu ist. Und viel zu bürgerlich, um von einem Abenteuer auch nur zu träumen.

Und genau dies ist, was mir jetzt passiert. Ich kann die

Frau nicht vergessen – ich träume schon von ihr, dieser einmaligen Geliebten.

Nicht daß ich was von ihr will; ich würde sie vielleicht nicht einmal anfassen. Ich möchte nur zu gerne wissen, was für ein Mensch so jemand ist. Irgendwie doch was Besonderes, meine ich. Eine Art Wunder. Oder?

Ein Wochenende

Elke Brunner würde den Mann wohl gar nicht beachtet haben, wenn er nicht an ihr vorbeigesehen hätte. Das war sie nicht gewohnt. Solange sie denken konnte, war sie von den Männern angesehen worden, und wenn es ihr auch manchmal lästig war, so doch nie unerwünscht. Denn angesehen zu werden, war für sie geradezu lebenswichtig. Was ist ein Mannequin wert, das nicht gefällt?

Der Mann auf dem Balkon gegenüber jedoch interessierte sich für nichts als die Zeitung auf seinen Knien, obschon sie doch Frühjahrsputz macht und immer wieder nach draußen kam, mal um ihre Garderobe zum Lüften aufzuhängen, mal um das Staubtuch auszuschütteln. Ein Mann Mitte Dreißig mit dunklem Haar und vermutlich ebenso dunklen Augen hinter seiner spiegelnden Sonnenbrille und mit einem klaren Gesicht und ausgeprägten Lippen, welche er beim Lesen bewegte. Ein erfreulicher Neuzugang im Hochhaus-Areal, zumal wenn man in Betracht zog, daß im letzten Sommer dort drüben ein quengelnder Säugling gequäkt hatte.

Bevor Elke Brunner neuerlich hinausging, drehte sie das Radio auf volle Lautstärke – und mit Erfolg; der Mann horchte herüber, doch dann wandte er sich gleich wieder seiner Zeitung zu, nicht mehr für seine Beobachterin abfallen lassend als ein kurzes Lächeln.

Von der Balkontürschwelle blickte Elke Brunner hinüber, wobei ihr Körper automatisch die Haltung annahm, die ihm anerzogen war: Kopf und Schultern vor,

Brust und Magen eingezogen, um hinwiederum Unterleib und Becken herauszuwölben. Es war diese Haltung, bei der die Blitzlichter aufzuflammen pflegten, wenn sie sie mit lässiger Damenhaftigkeit auf dem Laufsteg darbot – und wenn dieser Mensch da drüben auch nur eine Sekunde lang herschaute, würde er nie wieder eine Zeitung auf den Balkon mitbringen.

Er schaute nicht. Er las. Und wenn er lächelte (wie deutlich zu erkennen war über die knapp zwanzig Meter hinweg), dann über eine erheiternde Stelle im Text.

Elke Brunner verzog sich ins Wohnungsinnere, um das Kopftuch abzunehmen und das Haar auszuschütteln, dieses wunderschöne, mahagonirote volle Haar, das tief in den Rücken fiel – doch als sie zurückkam, da war der Mann drüben gerade dabei umzublättern, um sich in die nächste Seite zu vertiefen. Pech. Und natürlich reiner Zufall.

Oder etwa nicht?

Irgendwann war die Zeit für ein Mannequin abgelaufen, und wenn es auch bei der einen früher und bei der andern später kam, so schafften es doch nur Ausnahmen, über fünfunddreißig zu werden in diesem Beruf.

Elke Brunner lachte bitter, und wie es ihr zur Gewohnheit geworden war durch das lange Alleinsein, begann sie, mit sich selbst zu reden. »Von wegen Zufall! Mach dir nichts vor, Mädchen, sondern nimm's, wie es ist – es ist soweit, du bist passé!«

Wie ein Kloß stieg es ihr in die Kehle und heiß in die Augen. Doch daß ihr die Tränen kamen, gestand sie sich erst ein, als sich das Bild des lesenden Mannes verschleierte.

»Hau ab!« verwünschte sie ihn ingrimmig. »Nimm dein verdammtes Käseblatt und verschwinde!«

Aber natürlich war es klüger, selber nachzugeben. Vor dem Badezimmerspiegel die Augen trocknend, zog sie eine Grimasse: »Nun reiß dich aber zusammen! Das darf's doch nicht geben, daß du dich von einem zeitunglesenden Spießer ins Bockshorn jagen läßt. Schön, du bist kein Starmodell, aber Elke Brunner ist auch wer, oder? Und die Ausnahmen haben's ja doch auch nur darum geschafft, weil sie sich nicht haben unterkriegen lassen. Du bist nur in einer Krise – und da mußt du durch. Also los, Mädchen! Nimm die Herausforderung an!«

Vorfreude ließ sie lächeln, weil sie sich erinnerte, was im letzten Urlaub auf Sylt passiert war, als sie in Boxer-Shorts aufkreuzte. Und wenn dort satte Playboys vor Aufgeregtheit ihren Whisky verschütteten, an denen sie hüftschlingernd vorüberschritt, wie mußte dann erst ein so biederer Balkonbesitzer reagieren, wenn sie vor seiner Nase auf der Leiter turnte?

Elke Brunner ging systematisch vor, sie zog nicht nur Rock und Bluse aus, sondern auch die Wäsche. Wenn schon, denn schon. Keine halben Sachen.

Entkleidet betrachtete sie sich im Schlafzimmerspiegel: »Na, das schaut doch aber noch ganz ordentlich aus! Vielleicht noch 'n bißchen Winterspeck um die Hüften, aber den kriegen wir mit Reisdiät wieder weg.«

Sie schlüpfte in die lockeren, ihren langen Beinen schmeichelnden Boxer-Shorts, drehte und prüfte sich, probierte verschiedenerlei Schuhe und Oberteile und entschied sich, was die letzteren betraf, für ein dünnes T-Shirt, weil es die Brustspitzen als plastische Schatten hervortreten ließ.

»Hätt'st du«, fragte sie sich, während sie kichernd Wasser, Schwamm, Putzmittel, Trittleiter zusammentrug, »hätt'st du je gedacht, daß du dich mal aufs Fensterputzen freuen würdest?«

Der Mann drüben las nicht mehr. Er lag jetzt mit unterm Kopf verschränkten Händen im Liegestuhl, blickte aber nicht auf, als sie hinaustrat, und wenn er als interessierter Zeitungsleser große Klasse war – als Schläfer war er noch besser. (Woran besonders ärgerlich war, daß sich wegen der spiegelnden Brillengläser nicht feststellen ließ, ob er wirklich schlief oder vielleicht doch heimlich linste.)

»Okay«, konstatierte Elke Brunner zähneknirschend, »eins zu null für dich. Aber wart nur ab, das Spiel ist noch nicht zu Ende!«

Sie kletterte die Leiter rauf und kletterte runter, sie ließ die Wadenmuskeln spielen und das helle Schenkelfleisch blitzen in den Seitenschlitzen der Boxer-Shorts, sie beugte sich und reckte sich – und all das mit der professionellen Grazie, deren Wirkung zahllose Male getestet worden war. In den Scheiben erst der Balkontür, danach des Fensters hätte sie sehen müssen, wenn der Mann reagierte. Doch es gab nichts zu sehen. Er reagierte nicht.

»Das gibt es doch nicht! Dieser Kerl ist doch nicht normal!«

Zornig preßte sie den Schwamm in der Faust, um ihn sich dann, einem spontanen Einfall folgend, vor die Brust zu drücken. Und so, das T-Shirt klitschnaß und klebend und durchsichtig, drehte sie sich frontal dem Fremden zu, und endlich, endlich kam Bewegung in ihn. Er richtete sich auf – doch lediglich, um wieder die Zeitung aufzunehmen. Sein Blick hatte nur den Bruchteil von Sekunden gedauert, war ohne Halt über sie hingeglitten.

»Ich springe dir mit dem Allerwertesten...« Die Hände schon am Gummibund, kam sie im letzten Moment wieder zu Vernunft. Du lieber Gott! Sechzehn Stockwerke hoch Balkone und Fenster gegenüber – und sie drauf und dran, sich zum Gespött zu machen.

Doch soviel war ja nun wohl klar: Sie sollte provoziert werden. Und das verdiente einen Denkzettel. »Du wirst schon noch schauen, mein Guter. Und wie du schauen wirst! Die Augen werden dir aus dem Kopf fallen!«

Schluß machend mit dem Theater, brachte sie das Putzzeug weg und stellte den Liegestuhl zurecht für ein Sonnenbad. Sie rechnete nicht damit, daß der Mann zur Kenntnis nehmen würde, daß sie in einem Bikini (ihrem knappsten) wiederkam, und er tat es auch nicht, doch war das auch egal. Hinter einem vorgehaltenen Modejournal versteckt, beobachtete sie ihn gespannt, um sich im selben Moment, da er den Kopf hob, aufzurichten.

Die Balkonumrandung bestand aus viereckigen Kunststeinplatten mit handbreiten Spalten dazwischen, und solch einen Spalt, genau berechnet, benutzte sie nun als Guckloch für einen Striptease. Elke Brunner legte das Oberteil ab, danach den Slip – sich viel Zeit lassend mit dem Herunterstreifen –, und sie genoß jede Sekunde ihrer Schau mit ungeahntem Triumphgefühl. Denn der Mann drüben hatte sich ihr voll zugewendet, von Beginn an und ohne Heimlichtuerei. Und daß er nicht grinste, sondern einen fast versonnenen Ausdruck zeigte, durfte als Beweis dafür gelten, daß er beeindruckt war.

»So, mein Lieber. Und jetzt, wo du an der Angel zappelst, wirst du mir büßen!«

Sie plazierte sich so, daß jene delikate Stelle des Oberschenkels, wo er in die Lende überging, für ihn drüben sichtbar war und sogar noch viel Delikateres, sobald sie sich ein klein wenig drehte, auf jeden Fall stets eine Ahnung davon – und was konnte quälender sein als die Ungewißheit. »Es hat eben auch sein Gutes, kein junges Ding mehr zu sein – man kennt sich aus als Frau.«

Der Mann wirkte wie gebannt in seiner ihr zugewandten Haltung, und Elke Brunner würde sonstwas drum gegeben haben, wenn sie seine Augen hätte sehen können hinter der Brille.

»Eins zu eins!« feixte sie. »Und gleich zwei zu eins. Paß mal auf!«

Sie drehte sich. Drehte sich ihm voll zu. Und dann ließ

sie ihre Hand in den Schoß gleiten. Oh, es gab etwas, was noch quälender war als Ungewißheit, nämlich aufgeheizte Fantasie.

Der Mann stand wie eine Säule. Dann wandte er sich weg, um ins schummerige Innere seiner Wohnung zu entschwinden.

»Gewonnen! So wird das Spiel gespielt, mein Lieber.«

Elke Brunner, in den Hintergrund des Balkons rükkend, nahm sich das Modejournal vor. Doch sie konnte sich nicht sammeln. Jetzt, wo dieser Holzklotz von einem Mann weg war, fehlte er ihr irgendwie. Und von Minute zu Minute mehr.

Sein Balkon lag auf gleicher Höhe, also wohl wie der ihrige in der 12. Etage. Sie zählte, es stimmte: zwölf. Als sie das wußte, machten sich ihre Handlungen selbständig. Wie eine Traumwandlerin erhob sie sich, kleidete sich wieder an, diesmal ordentlich, und ergriff den Mülleimer. Vom Müllhaus zurück machte sie einen Umweg zur Haustür gegenüber. Tatsächlich, unter den Namensschildern für Etage 12 war ein neues. Karoli. Doch davor standen zwei Buchstaben. Ein E, ein K, mit einem *und* dazwischen. Was also hieß, daß es zwei Karoli gab, und was konnte das anderes sein als ein Ehepaar?

Elke Brunner fühlte sich plötzlich schwach zum Umfallen. Nur gut, daß sie den Mülleimer hatte, um sich daran festzuhalten. Zurück in der Wohnung, mußte sie sich setzen. »Mädchen, Mädchen, das ist ja wohl doch übertrieben. Eine kleine Enttäuschung, na und? Kennst doch den Kerl gar nicht.« – Aber, dachte sie seufzend, es wäre schön gewesen, ihn kennenzulernen. Sie hatte das klar, ruhige, männliche Gesicht vor Augen. Mit einem Mann wie diesem hätt'st du deinen Job schon vor Jahren an den Nagel gehängt.

Sie machte sich einen Drink und rauchte eine Zigarette. Dann ging sie sich wieder sonnen. Den Bikini behielt sie an. Der Mann ließ sich nicht blicken.

Am Abend, wie an jedem zweiten Samstag, kam Fred Stauffer, halb Freund und Liebhaber und halb Chef, und wie immer blieb er über Nacht. Sie gingen aus, sie schliefen miteinander. Es war wie immer. Nein, es war besser. Sie merkte es, und er merkte es auch. Aber er wußte nicht, woran es lag – sie hatte sich in ihrer Fantasie den Fremden vorgestellt.

»Es stimmt also, was die Leute sagen«, sagte Stauffer, ihr im Dunkeln seine Zigarette zum Ziehen reichend, »mit zunehmendem Alter wird eine Frau immer besser.«

»Soll das ein Kompliment sein?«

Stauffer, ohne auf den ironischen Tonfall einzugehen, blies Rauchkringel gegen den schwach erhellten Plafond. »Wie alt bist du eigentlich?«

Sie sagte es nicht. Sie sagte: »Warum fragst du?«

»Weil ich gerade hab' denken müssen, daß du eigentlich so langsam die Nase voll haben müßtest davon, die Kleiderpuppe zu spielen.«

Elke Brunner schwieg. Es ärgerte sie, daß ihr die Tränen kamen. Nur nicht reden jetzt, befahl sie sich, sonst merkt er es noch, und so was mag er gar nicht.

»Ich könnte dich im Büro gebrauchen«, sagte Stauffer neben ihr.

»Als deine Sekretärin?« Es war ihr herausgerutscht, denn sie sah seine Vorzimmerdame vor sich, die auch einmal Mannequin gewesen war und der Firma und dem Chef insofern die Treue hielt, als Stauffer ihr die von seinen Wochenenden widmete, die er nicht hier verbrachte.

»Ich hab' mehr an Einkauf gedacht«, sagte Stauffer ungerührt. »Du verstehst was von Stoffen und Modetrends.«

»Da müßte ich viel reisen...«

Er lachte, drückte die Zigarette aus und langte nach ihr. »Na und? Müssen wir unsere Terminkalender eben aufeinander abstimmen.«

Diesmal war es nicht gut. Ganz und gar nicht. Sie kam nicht mal. Doch was tat's. Es würde sowieso zum letztenmal sein. Elke Brunner betete, daß es Tag würde, daß Stauffer ginge und daß der Mann drüben wiederkäme – egal ob verheiratet oder nicht.

Als Stauffer am Sonntagmorgen aufwachte, war er voller Pläne für den Tag. Über Land fahren. Essen gehen. Vielleicht reiten. Oder eine Runde Golf. Vielleicht aber auch dieses neue Freizeitgelände in Aumühle, über das in der Zeitung geschrieben worden war, mit Restaurant und Sauna und geheiztem Freibad.

Sie sagte nein. Und ganz besonders sagte sie nein zu der Idee mit dem Freizeitgelände, denn die Vorstellung, sich bei hellem Tageslicht vor Stauffer nackt zeigen zu sollen, machte sie schaudern. Er würde sie angucken, und er würde wissen: siebenunddreißig, und bei sich denken: Altes Eisen; im Büro verstecken! Doch es gab auch jemand, und gar nicht so weit weg, der vielleicht doch fasziniert von ihr war.

»Um ehrlich zu sein, Fred, ich fühl' mich nicht so. Diese plötzliche sommerliche Hitze nach dem endlosen Winter. Und gestern der Hausputz. Ich habe wohl ein bißchen übertrieben dabei.«

»Was willst du damit sagen?«

»Daß du allein fahren sollst. Ich mach' mir einen ruhigen Tag auf dem Balkon.«

Die Frühstückssemmel in der Hand, blickte er stirnrunzelnd nach draußen. »Mit dieser Aussicht...?«

Sie zuckte die Schultern, den Morgenrock vor der Brust zusammennehmend. Und blieb so sitzen und ließ sich küssen und sich übers Haar streichen und horchte, wie die Wohnungstür ins Schloß fiel und der Fahrstuhl sich summend bewegte.

Dann machte sie Toilette, wählte diesmal ein tiefausgeschnittenes Strand-Ensemble, um zu guter Letzt strahlend auf den Balkon zu treten wie auf einen Laufsteg. Doch kein Mann ließ sich blicken, den ganzen langen Tag nicht. Sie machte sich nur eine Büchse heiß zu Mittag, immer wieder aus der Küche laufend, um ihn ja nicht zu verpassen, doch der Karoli-Balkon blieb leer. Als sie abends die Reste der Zigaretten, welche sie gepafft hatte, zusammenzählte, da ergaben sich zwei Päckchen.

Da war sie soweit, drüben anzurufen. Im Telefonbuch fand sich die Nummer nicht, doch die Auskunft bestätigte: »Jawohl, E. und K. Karoli – Edmund und Katharina... Halt, da gibt es auch noch eine Geschäftsnummer. Karoli – Physikalische Therapie und Heilmassagen, Sierichstraße 54. Wollen Sie die auch?«

»Nein, nein. Nur privat.«

Aber dann telefonierte sie doch nicht, notierte sich nur Namen und Nummer und legte den Zettel, als sie sich ins Bett legte, auf den Nachttisch neben das Bild von Stauffer. Immer wieder schaute sie das Papier an, strich sinnend mit den Fingern drüber hin, und nach einiger Zeit drehte sie Stauffers Bild um.

Am Montagmorgen rief sie in der Firma an, daß sie sich nicht gut fühle – irgendwas mit der Wirbelsäule – und daß sie, ehe sie komme, noch zur Massage wolle.

Katharina Karoli, die sie empfing, entpuppte sich als blonde, hübsche, nette Frau – viel hübscher und netter, als Elke Brunner lieb gewesen wäre, und am liebsten hätte sie kehrtgemacht. Doch da erfolgte schon die zweite Überraschung. Diese hübsche, nette Katharina Karoli sagte, daß zwar alles belegt sei, daß aber vielleicht ihr Bruder noch jemand einschieben könne.

»Ihr Bruder...?«

»Ja. Er ist der Masseur. Wieso?«

»Nichts. Nur... Sagen Sie ihm – sagen Sie ihm, es handele sich um eine Nachbarin. Er wird dann schon...«

Er bekam es wohl nebenan mit, denn er erschien in der Tür: »Wo ist die Nachbarin?«

Es war nicht bloß eine Redewendung. Er konnte wirklich nicht wissen, wo sie war. Er trug diese spiegelnde Sonnenbrille auch im Zimmer. Edmund Karoli war blind. Und er hatte sie nicht gesehen am Wochenende (und wenn er sich mit einer Zeitung beschäftigt hatte, so mußte es eine in Blindenschrift gedruckte gewesen sein). Er würde sie niemals sehen.

»Warum weinen Sie denn? Ich tue Ihnen doch nicht etwa weh?« fragte er, als sie dann unter seinen Händen lag.

»Nein, nein. Es ist nur... Ich will ehrlich sein. Ich bin nicht nur wegen des Massierens hier. Ich wollte Sie sehen. Und ich wollte, daß Sie mich sehen. Es – es tut mir so leid.«

»Aber ich sehe Sie doch. Meine Hände sehen Sie. Und die sehen nicht viel schlechter als anderer Menschen Augen. Sogar Ihre Haarfarbe könnte ich Ihnen sagen...«

»Nämlich?«

»Rot.«

»Das stimmt.«

»Natürlich stimmt es. Man spürt's an der Haut. Rothaarige sind dünnhäutiger, müssen Sie wissen. Sie reagieren empfindlicher. Und ich habe gemerkt – Sie erschauern sehr oft.«

Karoli fuhr, während er innehielt, fort: »Und wenn mich wer interessiert, dann sehe ich sogar mehr als jeder andere. Ich spüre es, ich höre es – ich fühle mich in den Menschen hinein. Sie zum Beispiel sind so schlank, daß Sie vermutlich sehr oft hungern müssen bei Ihrem Alter.«

»Ich bin siebenundzwanzig.« (Die übliche Lüge.)

»O nein, Sie sind siebenunddreißig.«

Edmund Karoli lachte und nahm seine Arbeit wieder auf, und was er da tat, war eindeutig ein Streicheln, lang und zärtlich über den Rücken zum Gesäß hin. »Ich würde auch gar nicht wollen, daß Sie jünger sind – weil es zum ersten Male geschieht, daß ich so zu einer Frau rede.«

Elke Brunner lag ganz still.

Sie hatte ihr nacktes Ebenbild vor dem geistigen Auge, das wohlvertraute, und den riesigen Kleiderschrank mit den vielen erlesenen Sachen. Die Sachen würde sie in solcher Erlesenheit wohl nicht mehr brauchen. Doch was ihren schlanken Körper anging, so wollte sie sich ihn noch lange, lange bewahren.